我们的时光

陆晓萍　鲁渊　著

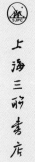

上海三联书店

前　言

中国古代诗词博大精深，犹如我国悠久历史中一条绵延不绝的长河，是中华古典文学殿堂里最璀璨夺目的瑰宝。千百年后，有幸读之，依然能让我们后人感受到其生生不息的生命力。

本书从亲子共读的角度另辟蹊径，精选 99 篇古诗词，其中选编人教版小学语文诗词 57 首，初高中生适用推荐诗词名篇 42 首。选题时首先考虑便于孩子吟诵的经典篇目，其次精选了部分名作佳文供家长重温诗词之美。甄选的先秦至清各时期的代表性作品，无不韵律优美、内涵深厚、意境如画。

陆游曾在《示子遹》中给儿子留诗云："汝果欲学诗，工夫在诗外。"本书诗文配有部分注音和意译，是希望父母在陪伴孩子欣赏古诗词的同时，掌握诗词大意，透过这些历经岁月沉淀洗礼后依然散发着墨香余韵的字词句，穿越古风意境，感念当今盛世之中华，慨怀往昔名家之风采，潜移默化间提升自我的国学涵养和品味。

读者，尤其是 5 岁至 12 岁的小读者，具有很强的感知力和新知识吸收能力，父母若在此阶段坚持陪伴孩子每天诵读一首诗词，相信能帮助孩子实现"俾（bǐ，使）童而习之，白首亦莫能废"的效果。

本书在编排上具有以下特点：

* 一篇作品以两个篇幅加以展示，左侧诗词配以图文和注音，方便诵读。右侧赏析分享作者感悟。本着"诗无达诂"之念，对大部分读者能一目了然的诗词未做注释；部分古诗词做了通篇意译，主要是为了阐发原文中的艺术特征，便于读者轻松理解、深入品鉴。
* 本书采用"夹注"形式，对诗词中的疑难字和涉及的典故名物进行注

释,方便读者的阅读理解。

- 诗词的配图活泼,色彩明艳,力求贴切展现诗词的格调、意境,增加孩子阅读兴趣,更加直观地促进对诗词的理解。

- 诗词涉及的作者生卒年、字号、朝代、作品简介、诗词风格和写作背景等内容,通过大量文献反复考证,力求内容准确。因学识有限,难免疏漏,失当之处,恳请方家和广大读者指正。

感谢以下人员在本书完稿的过程中给予的支持和帮助(排名不分先后):

陈佳煜、陆韫瑄、钱韫珩、董雪飞、陈峰、李忻璐、何妙儿、梁萍、朱玮吉

特别感谢三联书店编辑部各位老师在本书核稿和审定工作中的辛勤付出。

目　录

桃夭(桃之夭夭) ················· 《诗经·周南》　2

子衿(青青子衿,悠悠我心) ········· 《诗经·郑风》　4

无衣(岂曰无衣) ················· 《诗经·秦风》　6

采薇(节选)(昔我往矣) ··········· 《诗经·小雅》　8

江南(江南可采莲) ··············· (汉)汉乐府　10

长歌行(青青园中葵) ············· (汉)汉乐府　12

观沧海(东临碣石) ··············· (汉)曹　操　14

七步诗(煮豆持作羹) ··········· (三国·魏)曹　植　16

敕勒歌(敕勒川) ················· 北朝民歌　18

诗(其一)(他人骑大马) ··········· (唐)王梵志　20

咏鹅(鹅,鹅,鹅) ················· (唐)骆宾王　22

咏柳(碧玉妆成一树高) ··········· (唐)贺知章　24

回乡偶书二首(其一)(少小离家老大回) ·· (唐)贺知章　26

登幽州台歌(前不见古人) ········· (唐)陈子昂　28

望月怀远(海上生明月) ··········· (唐)张九龄　30

登鹳雀楼(白日依山尽) ··········· (唐)王之涣　32

春晓(春眠不觉晓) ··············· (唐)孟浩然　34

过故人庄(故人具鸡黍) ··········· (唐)孟浩然　36

逢雪宿芙蓉山主人(日暮苍山远) ····· (唐)刘长卿　38

出塞二首(其一)(秦时明月汉时关) ··· (唐)王昌龄　40

送柴侍御(流水通波接武冈) ········· (唐)王昌龄　42

芙蓉楼送辛渐二首(其一)(寒雨连江夜入吴) ···· (唐)王昌龄　44

凉州词二首(其一)(葡萄美酒夜光杯) …………………… (唐)王 翰 46

别董大二首(其一)(千里黄云白日曛) …………………… (唐)高 适 48

望庐山瀑布二首(其二)(日照香炉生紫烟) …………………… (唐)李 白 50

古朗月行(节选)(小时不识月) …………………… (唐)李 白 52

赠汪伦(李白乘舟将欲行) …………………… (唐)李 白 54

静夜思(床前明月光) …………………… (唐)李 白 56

早发白帝城(朝辞白帝彩云间) …………………… (唐)李 白 58

独坐敬亭山(众鸟高飞尽) …………………… (唐)李 白 60

黄鹤楼送孟浩然之广陵(故人西辞黄鹤楼) …………………… (唐)李 白 62

宣州谢朓楼饯别校书叔云(弃我去者,昨日之日不可留)

　　　　…………………………………………… (唐)李 白 64

将进酒(君不见黄河之水天上来) …………………… (唐)李 白 66

鹿柴(空山不见人) …………………… (唐)王 维 68

九月九日忆山东兄弟(独在异乡为异客) …………………… (唐)王 维 70

杂诗三首(其二)(君自故乡来) …………………… (唐)王 维 72

相思(红豆生南国) …………………… (唐)王 维 74

黄鹤楼(昔人已乘黄鹤去) …………………… (唐)崔 颢 76

劝学(三更灯火五更鸡) …………………… (唐)颜真卿 78

绝句四首(其三)(两个黄鹂鸣翠柳) …………………… (唐)杜 甫 80

江南逢李龟年(岐王宅里寻常见) …………………… (唐)杜 甫 82

前出塞九首(其六)(挽弓当挽强) …………………… (唐)杜 甫 84

蜀相(丞相祠堂何处寻) …………………… (唐)杜 甫 86

闻官军收河南河北(剑外忽传收蓟北) …………………… (唐)杜 甫 88

枫桥夜泊(月落乌啼霜满天) …………………… (唐)张 继 90

渔歌子(西塞山前白鹭飞) …………………… (唐)张志和 92

游子吟(慈母手中线) …………………… (唐)孟 郊 94

乌衣巷(朱雀桥边野草花) …………………… (唐)刘禹锡 96

望洞庭(湖光秋月两相和) ……………………………… （唐）刘禹锡　98

竹枝词二首(其一)(杨柳青青江水平) ……………… （唐）刘禹锡　100

题都城南庄(去年今日此门中) ……………………… （唐）崔　护　102

赋得古原草送别(离离原上草) ……………………… （唐）白居易　104

暮江吟(一道残阳铺水中) …………………………… （唐）白居易　106

大林寺桃花(人间四月芳菲尽) ……………………… （唐）白居易　108

问刘十九(绿蚁新醅酒) ……………………………… （唐）白居易　110

忆江南词三首(其一)(江南好,风景旧曾谙) ……… （唐）白居易　112

忆扬州(萧娘脸薄难胜泪) …………………………… （唐）徐　凝　114

悯农二首(其二)(锄禾日当午) ……………………… （唐）李　绅　116

江雪(千山鸟飞绝) …………………………………… （唐）柳宗元　118

菊花(秋丛绕舍似陶家) ……………………………… （唐）元　稹　120

寻隐者不遇(松下问童子) …………………………… （唐）贾　岛　122

江南春(千里莺啼绿映红) …………………………… （唐）杜　牧　124

寄扬州韩绰判官(青山隐隐水迢迢) ………………… （唐）杜　牧　126

清明(清明时节雨纷纷) ……………………………… （唐）杜　牧　128

赠别二首(其一)(娉娉袅袅十三余) ………………… （唐）杜　牧　130

锦瑟(锦瑟无端五十弦) ……………………………… （唐）李商隐　132

小儿垂钓(蓬头稚子学垂纶) ………………………… （唐）胡令能　134

不第后赋菊(待到秋来九月八) ……………………… （唐）黄　巢　136

山花子·菡萏香销翠叶残(菡萏香销翠叶残) ……… （五代）李　璟　138

虞美人·春花秋月何时了(春花秋月何时了) ……… （五代）李　煜　140

雨霖铃·寒蝉凄切(寒蝉凄切) ……………………… （宋）柳　永　142

浣溪沙(一曲新词酒一杯) …………………………… （宋）晏　殊　144

梅花(墙角数枝梅) …………………………………… （宋）王安石　146

元日(爆竹声中一岁除) ……………………………… （宋）王安石　148

泊船瓜洲(京口瓜洲一水间) ………………………… （宋）王安石　150

饮湖上初晴后雨二首（其二）（水光潋滟晴方好） …… （宋）苏 轼 152

题西林壁（横看成岭侧成峰） …………………………… （宋）苏 轼 154

惠崇春江晚景二首（其一）（竹外桃花三两枝） ……… （宋）苏 轼 156

水调歌头·明月几时有（明月几时有） ………………… （宋）苏 轼 158

如梦令·昨夜雨疏风骤（昨夜雨疏风骤） ……………… （宋）李清照 160

游园不值（应怜屐齿印苍苔） …………………………… （宋）叶绍翁 162

十一月四日风雨大作二首（其二）（僵卧孤村不自哀） … （宋）陆 游 164

游山西村（莫笑农家腊酒浑） …………………………… （宋）陆 游 166

四时田园杂兴六十首（其三十一）（昼出耘田夜绩麻） … （宋）范成大 168

小池（泉眼无声惜细流） ………………………………… （宋）杨万里 170

过松源，晨炊漆公店六首（其五）（莫言下岭便无难） … （宋）杨万里 172

春日（胜日寻芳泗水滨） ………………………………… （宋）朱 熹 174

观书有感二首（其一）（半亩方塘一鉴开） …………… （宋）朱 熹 176

青玉案·元夕（东风夜放花千树） ……………………… （宋）辛弃疾 178

西江月·夜行黄沙道中（明月别枝惊鹊） ……………… （宋）辛弃疾 180

清平乐·村居（茅檐低小） ……………………………… （宋）辛弃疾 182

题临安邸（山外青山楼外楼） …………………………… （宋）林 升 184

［越调］天净沙·秋思（枯藤老树昏鸦） ……………… （元）马致远 186

［中吕］山坡羊·潼关怀古（峰峦如聚） ……………… （元）张养浩 188

石灰吟（千锤万凿出深山） ……………………………… （明）于 谦 190

画鸡（头上红冠不用裁） ………………………………… （明）唐 寅 192

长相思（山一程，水一程） ……………………………… （清）纳兰性德 194

竹石（咬定青山不放松） ………………………………… （清）郑 燮 196

己亥杂诗（其一百二十五）（九州生气恃风雷） ……… （清）龚自珍 198

后记 ……………………………………………………………………… 200

桃　夭（yāo）

《诗经·周南》

桃之夭夭，灼（zhuó）灼其华。

之子于归，宜其室家。

桃之夭夭，有蕡（fén）其实。

之子于归，宜其家室。

桃之夭夭，其叶蓁（zhēn）蓁。

之子于归，宜其家人。

《桃夭》是诗经中的名篇,选自《国风·周南》,为"送女子出嫁之辞"①,以"桃"比兴,是婚礼上为新娘唱的祝福歌,"桃花运"即源于此篇。《桃夭》此篇直译,实难表达先秦子民的真情实感。此篇亦有牵强,但先秦古籍跟现代白话肯定有隔阂,各位看官姑且笑纳编者如此通译吧。

《桃夭》是一首婚礼进行曲,桃花寓意美人也寓意平安喜乐富贵。本篇三段的起首句就用"桃之夭夭"来称颂新娘的美丽:桃花朵朵开,你比桃花还美丽。从此变成一家人,时时刻刻想着念着的都是我们。新郎的愿望多美好啊!

《诗经》收"周初至春秋中叶"的作品311篇,又称"诗三百"。汉代后统称"诗经",是中国古代第一部诗歌总集。《诗经》分"风""雅""颂"三部分。"风"又称"国风",收集了《周南》《召南》《秦风》等十五个诸侯国的民歌,计160篇。"雅"是贵族士大夫所作乐章,分《大雅》《小雅》。《大雅》是朝会宴乐作品,《小雅》是贵族个人的作品,计105篇。"颂"分《周颂》《鲁颂》《商颂》,是用于宗庙祭祀的诗歌,歌颂祖宗、神灵,计40篇。其中6篇为笙诗(仅有篇名,没有内容),共311篇。

桃　夭(茂盛美丽)　　桃花般艳丽的新娘

《诗经·周南》

桃之夭夭,
灼灼其华(花)。
之子(这位姑娘)于归,
宜其室家(夫视妻为室)。

我心爱的姑娘啊,
你像桃花般娇艳美丽!
今天你终于要嫁给我啦。
新娘啊,含苞欲放花似火,
祝我们琴瑟和鸣,永谐鱼水欢。

桃之夭夭,
有蕡(果实繁盛)其实。
之子于归(出嫁),
宜其家室(妻以夫为家)。

我心爱的姑娘啊,
你像桃花般娇艳美丽!
今天你终于要嫁给我啦。
新娘啊,瓜瓞(dié)绵绵果实繁,
祝我们花开并蒂,共盟鸳鸯誓。

桃之夭夭,
其叶蓁蓁(繁茂)。
之子于归,
宜其家人。

我心爱的姑娘啊,
你像桃花般娇艳美丽!
今天你终于要嫁给我啦。
新娘啊,葳蕤(wēi ruí)生光瑞叶茂,
祝我们儿孙满堂,家和万事兴。

瓞:小瓜。
葳蕤:形容枝叶繁盛。

① 参考书目傅斯年:《诗经讲义稿》,上海三联书店2017年版,第92页。

子 衿

《诗经·郑风》

青青子衿^{jīn}，悠悠我心。

纵我不往，子宁不嗣音？

青青子佩，悠悠我思。

纵我不往，子宁不来？

挑^{tiāo}兮达^{tà}兮，在城阙^{què}兮。

一日不见，如三月兮！

　　孔子曰:"不言诗,无以言。"这里"诗"指的是《诗经》,可见《诗经》的重要性,《子衿》是其中写亘(gèn)古不变的爱情的诗篇之一。曹操《短歌行》曾引用过:"青青子衿,悠悠我心。但为君故,沉吟至今。"

　　这是一首女子思念情人的诗,全诗以第一人称自述,将少女相思之苦的心理活动表现得淋漓尽致,前二章如内心独白,末章更像城楼上一个人的独角戏。千年之后,看戏的我,也替她累替她醉!哪怕时空变幻,恋人间的无尽想念就是爱情最直接的表白,爱上一个人,那才叫度日如年,想念你青色衣襟、想念你青色佩带,谁知道一想你啊,我竟思念苦无药,无处可逃。这首表达女子想见情人却见不到的娇嗔小诗,可爱至极。

　　故钱锺书先生在《管锥编》指出:"《子衿》云'纵我不往,子宁不嗣音?''子宁不来?'薄责己而厚望于人也,已开后世小说言情心理描绘矣。"

子 衿

《诗经·郑风》

青青子衿,	青青是你的衣襟,
悠悠我心。	悠悠是我的心情。
纵我不往,	纵然我不曾去看你,
子宁不嗣音?	难道你就不能遥寄音讯?
青青子佩,	青青是你佩玉的丝带,
悠悠我思。	悠悠是我无尽的思念。
纵我不往,	纵然我不曾去看你,
子宁不来?	难道你就不能主动来吗?
挑兮达兮,	我来来回回地边走边望,
在城阙兮。	在这城门观楼上。
一日不见,	虽只有一天没有见到你,
如三月兮!	却犹如分别三个月那么漫长。

嗣音:嗣(sì),通"诒(yí)"。嗣、诒古同音通用。诒,寄也。

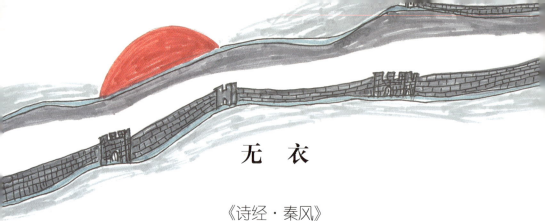

无 衣

《诗经·秦风》

岂曰无衣？与子同袍。王于兴师，
修我戈矛。与子同仇！

岂曰无衣？与子同泽。王于兴师，
修我矛戟。与子偕作！

岂曰无衣？与子同裳。王于兴师，
修我甲兵。与子偕行！

赏析

此诗出自《诗经·秦风》，秦民所作，是流传在民间的军中战歌。用兵士对话的口吻，写出"我的就是你的，你的敌人也就是我的敌人"。表现出秦国军民同袍同泽、慷慨从军、同仇敌忾（kài）、共御外强的壮烈情怀。傅斯年先生在《诗经讲义稿》中指出："《无衣》秦武士出征时，相语之壮辞。"[1]

明代文学家钟惺（xīng）（1574—1624）言此诗"有吞六国气象！"

无 衣

《诗经·秦风》

岂曰无衣？　　　　　　　　　　谁说没有衣服呢？
与子同袍(长袍，白天当衣，晚上当被)。　与你共穿一套战袍。
王于兴师(起兵)，　　　　　　　秦王起兵，
修我戈(古代格斗兵器)矛。　　　　整治我的戈和矛。
与子同仇！　　　　　　　　　　与你齐心共御外敌！

岂曰无衣？　　　　　　　　　　谁说没有衣服呢？
与子同泽(内衣)。　　　　　　　与你共穿一件衣衫。
王于兴师，　　　　　　　　　　秦王起兵，
修我矛戟(戈、矛合体的兵器)。　　整治我的矛和戟。
与子偕作！　　　　　　　　　　与你随时准备出发。

岂曰无衣？　　　　　　　　　　谁说没有衣服呢？
与子同裳(下衣，战裙)。　　　　　与你共穿一条战裙。
王于兴师，　　　　　　　　　　秦王起兵，
修我甲兵(铠甲和兵器)。　　　　　整治我的铠甲和兵器。
与子偕行！　　　　　　　　　　与你共同前往战场。

---

① 参考书目傅斯年：《诗经讲义稿》，上海三联书店 2017 年版，第 105 页。

采 薇（节选）

《诗经·小雅》

昔我往矣，

杨柳依依。

今我来思，

雨雪霏霏。
（yù　fēi）

行道迟迟，

载渴载饥。

我心伤悲，

莫知我哀！

　　《采薇》是《诗经·小雅》名篇，为《诗经》中最美的诗篇。此篇用一位戍（shù）边将士的口吻，道出其归乡途中的心情。原诗共六章，这里节选的是第六章。

　　"杨柳依依是春光明媚之景，但值此大好时光却要从军远戍，起觉百般凄凉。雨雪霏霏是冬日肃杀之象，而历尽艰难生死终能安然归来，更生无限欣慰。"[1]《世说新语》就有东晋名相谢安（淝水之战东晋总指挥）问谢家子弟："《诗经》中哪句最佳？"侄子谢玄（东晋名将，淝水之战任前锋都督）回答说："昔我往矣，杨柳依依。今我来思，雨雪霏霏。"相反的景物衬托强烈的写实情感，这四句千古传诵。

采　薇（节选）

《诗经·小雅》

昔(从前、当初)我往(从军、出征)矣，
杨柳依依(摇曳)。
今我来思(句末语气词，无意义)，
雨雪(下雪)霏霏(下得很大)。
行道迟迟(迟缓)，
载(又)渴载(又)饥。
我心伤悲，
莫(没有人)知我哀！

---

　　[1] 参考书目程俊英、蒋见元：《诗经注析》，中华书局 1999 年版，第 462 页。

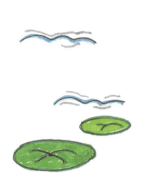

江　南

（汉）汉乐府

江南可采莲，

莲叶何田田。

鱼戏莲叶间。

鱼戏莲叶东，

鱼戏莲叶西，

鱼戏莲叶南，

鱼戏莲叶北。

汉乐(yuè)府,汉武帝时设立的专门制作音乐的官署,掌管、创作朝廷祭祀(jì sì)、宴会、游行等所用的音乐,兼着收集、整理民间流传的诗歌,后来人们把经乐府配曲入乐的诗歌称为乐府诗。

《江南》在宋人郭茂倩所编的《乐府诗集》中隶属"相和歌"。是汉人所采各地的民间俗乐。这是一首采莲歌,"相和歌"本就是一人唱,多人和,故从"鱼戏莲叶东"到"鱼戏莲叶北"可能是和声。歌中用这大量重复白话的句式,描绘鱼儿嬉戏于莲叶间的灵动。全诗不见采莲人,耳边却依稀传来阵阵采莲女的欢声笑语,这首诗是作者为他云云,反映了江南采莲时的热闹光景。

江 南

(汉)汉乐府

江南可采莲,
莲叶何(多么)田田(形容莲叶茂盛的样子)。
鱼戏莲叶间。
鱼戏莲叶东,
鱼戏莲叶西,
鱼戏莲叶南,
鱼戏莲叶北。

长歌行

(汉)汉乐府

青青园中葵，朝^{zhāo}露待日晞^{xī}。

阳春布德泽，万物生光辉。

常恐秋节至，焜^{kūn}黄华^{huā}叶衰^{shuāi}。

百川东到海，何时复西归？

少壮不努力，老大徒伤悲！

《长歌行》，汉乐府篇名，本篇亦选自宋·郭茂倩《乐府诗集》卷三十《相和歌辞五》。

《晋书·乐志》有言："相和，汉旧歌也，丝竹更相和，执节者歌。"用"园中葵"托物起兴规劝少年郎，不要虚度时光。《乐府解题》有言："古辞云'青青园中葵，朝露待日晞'，言芳华不久，当努力为乐，无至老大乃伤悲也。"

长歌行和短歌行是乐府《平调曲》中的两种曲名，短歌行多用于宴会。这两种曲子长短之间的区别，按照《乐府诗集》的话，"歌声之长短耳"，无他！

长歌行

（汉）汉乐府

青青园中葵（古代常见蔬菜之一，冬葵），
朝露待日晞（天亮；干燥）。
阳春（阳春三月）布（散布）德泽（大自然的恩惠），
万物生光辉。
常恐秋节（秋季）至，
焜黄（枯黄）华（通"花"）叶衰（古音读 cuī，凋零）。
百川（河）东到海，
何时复西归？
少壮不努力，
老大徒伤悲！

观沧海

（汉）曹　操

东临碣石，以观沧海。

水何澹澹，山岛竦峙。

树木丛生，百草丰茂。

秋风萧瑟，洪波涌起。

日月之行，若出其中；

星汉灿烂，若出其里。

幸甚至哉，歌以咏志。

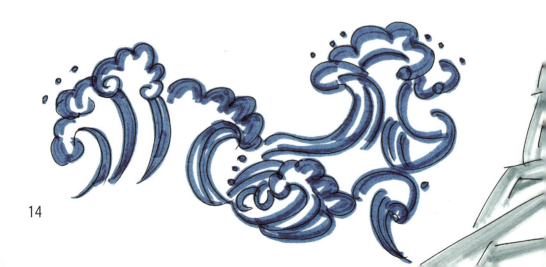

　　曹操(155—220),字孟德,小名阿瞒。东汉末年杰出的政治家、军事家和文学家。沛(pèi)国谯(qiáo)县(今安徽亳[bó]州)人。《三国志》说曹操"莫能审其生出本末",皆因他的父亲曹嵩是汉桓帝时宦官曹腾的养子。二十岁举孝廉,镇压过黄巾起义,讨伐过董卓,建安元年(196 年)迎汉献帝迁都许昌,被献帝封大将军及丞相。后以"相王之尊"挟天子以令诸侯,成为东汉的实际统治者。

　　此首四言诗作于汉建安十二年(207 年)秋天,曹操征乌桓(huán)得胜班师时经过碣石山所写,最后一句"幸甚至哉,歌以咏志",意思是"太值得庆幸了,就用诗歌来表达心意吧",是乐府歌结束用语,与原文无甚关系。

观沧海

(汉)曹　操

　　东临(登上)碣石(碣石山,今河北昌黎),

　　以观沧(通"苍",苍茫的;青绿色的)海(指渤海)。

　　水何(多么)澹澹(水波荡漾的样子),

　　山岛竦峙(高耸挺拔)。

　　树木丛生,百草丰茂。

　　秋风萧瑟,洪波(巨大的波浪)涌起

　　日月(太阳和月亮)之行,若(好像是)出其中;

　　星汉(银河)灿烂,若出其里。

　　幸甚至哉,歌以咏志。

七步诗

(三国·魏)曹　植

煮豆持作 <ruby>羹<rt>gēng</rt></ruby>，

<ruby>漉 菽<rt>lù shū</rt></ruby>以为汁。

<ruby>萁<rt>qí</rt></ruby>在<ruby>釜<rt>fǔ</rt></ruby>下燃，

豆在釜中泣。

本自同根生，

相煎何太急？

曹植(192—232),字子建。三国时著名文学家。沛(pèi)国谯(qiáo)县(今安徽亳[bó]州)人。曹操的第四个儿子,曹丕(pī)的同母弟,封陈思王,李白《将进酒》中的"陈王昔时宴平乐"中的陈王也。亲哥哥曹丕即魏帝位后,备受猜忌,抑郁寡欢。魏文帝(曹丕)和魏明帝(曹叡)两朝对分封的诸侯又极为苛刻,对曹植尤甚,《转封东阿王谢表》中自言:"桑田无业,左右贫穷,食裁糊口,形有裸露。"他仅活四十一岁就死了。他的诗流下八十首左右,代表了建安时代文学的最高成就。

这首诗最早出现在南朝宋刘义庆所编的《世说新话·文学》中,但后世流传"煮豆燃豆萁,豆在釜中泣。本是同根生,相煎何太急"应为罗贯中改写,非原作。

南朝宋文学家谢灵运曾评曹植的才华:"天下才有一石,曹子建独占八斗,我得一斗,天下共分一斗。"

七步诗

(三国·魏)曹 植

煮豆持(用来)作羹,
漉(过滤)菽(豆渣)以为汁(留下豆汁作羹)。
萁(豆秆)在釜(锅)下燃,
豆在釜中泣。
本自同根生,
相煎何太急?

<ruby>敕<rt>chì</rt></ruby><ruby>勒<rt>lè</rt></ruby>歌

北朝民歌

敕勒川，阴山下，
天似<ruby>穹<rt>qióng</rt></ruby>庐，笼盖四<ruby>野<rt>yě</rt></ruby>。

天苍苍，野茫茫，
风吹草低<ruby>见<rt>xiàn</rt></ruby>牛羊。

赏析

相传这是南北朝北齐人斛(hú)律金(488—567)所唱的敕勒民歌。这首歌原为鲜(xiān)卑(bēi)语,后被翻译成汉语。敕勒族是南北朝时期活动于北方的一个游牧民族,敕勒川在今山西北部的内蒙古和甘肃南部一带。

据唐代李延寿《北史·齐本纪》记载,546 年,东魏权臣高欢率军攻打西魏军事重地,损兵折将,还被谣传已中箭将死,高欢带病设宴,命斛律金唱这首《敕勒歌》以振军心。

敕勒歌

北朝民歌

敕勒川(平原),阴山下,
天似穹庐(牧民的毡[zhān]帐),笼盖四野。
天苍苍,野茫茫,
风吹草低见(通"现",显现)牛羊。

野:为了押韵,可按古音读野(yǎ)字,汉语拼音为野(yě)字。

诗

（唐）王梵志

其一

他人骑大马，

我独跨驴子。

回顾担柴汉，

心下较些子。

　　王梵志,生卒年不详,原名梵天。唐代白话诗僧。卫州黎阳(今河南浚[xùn]县)人。梵志喜作诗讽人,有义志。其词接近白话,语不惊人,类似佛家偈(jì)语,当时流传极广。施蛰存先生在《唐诗百话》中认为:"王梵志可能是一个以儒家思想为主,而接受佛家教义的知识分子。"诗言虽有下里巴人之嫌,其理却也归真,也就是白话诗糙(cāo)理不糙。王维称其诗《与胡居士皆病寄此诗兼示学人诗二首》为"梵志体",后寒山、拾得、皎然的诗,多受此"梵志体"的影响。

　　本诗用第一人称白话"我"写成,是劝世人要安分知足。诗中出现"骑大马""跨驴子""担柴汉"的戏剧画面,写"独跨驴子的我"夹在"骑大马的富人"与"担柴汉的穷人"之间起起伏伏的矛盾心理。看到别人骑大马,再回头看看担柴汉,心里马上好受许多。读后令人忍俊不禁,又回味无穷。

诗

(唐)王梵志

他人骑大马,
我独跨驴子。
回顾担柴汉,
心下较些子(唐人俗语,即好受一些的意思)。

偈语:佛经中的唱词。
寒山:寒山子,唐代僧人。
拾得:唐代僧人。贞观年间至苏州妙利普明塔院(今寒山寺)任主持。
皎然:唐代僧人。姓谢,名昼,谢灵运十世孙。

咏 鹅

(唐)骆宾王

鹅，鹅，鹅，

曲项向天歌。

白毛浮绿水，

红掌拨清波。

22

骆宾王(约627—684)(一作约640—684),字观光。唐代大臣、诗人。婺(wù)州义乌(今浙江义乌市)人。以年少才高闻名,七岁能诗文,自小被称为"神童",此文相传就是作者七岁所作的一首咏物诗。真正是"别人家的孩子"!

"初唐四杰"之一,其余三人为王勃、杨炯、卢照邻。诗人曾任临海(今浙江天台)丞,后世称"骆临海"。武则天光宅元年(684年),随徐敬业起兵讨武则天,写下《讨武曌(zhào)檄(xí)》,斥武后种种罪状,传诵四方。武后读檄文,矍(jué)(书面语,惊视的样子)然叹曰:"宰相安得失此人?"敬业兵败后,诗人亡命不知所终。

咏　鹅

(唐)骆宾王

鹅,鹅,鹅,
曲项(颈,脖子)向天歌。
白毛浮绿水,
红掌(红色的鹅掌)拨清波。

曌:通"照",武则天为自己名字选用的新造字。

咏 柳

(唐)贺知章

碧玉妆成一树高，
万条垂下绿丝绦。

不知细叶谁裁出，

二月春风似剪刀。

　　贺知章(约 659—744),字季真。唐代大臣、诗人。越州(今绍兴)永兴(今浙江萧山)人。武则天证圣元年(695 年)进士,乙未科状元,是浙江第一位有记载的状元,晚年请为道士还乡。

　　诗人好酒,自号"四明狂客",与李白交好。两人同被尊为"酒仙"。李白《对酒忆贺监二首》言:"四明有狂客,风流贺季真。"杜甫《饮中八仙歌》戏言酒后诗人"知章骑马似乘船,眼花落井水底眠"的逸事。诗人诗风清新疏朗,富有机趣,传诵最广的诗有《回乡偶书》《咏柳》等。

咏　柳

(唐)贺知章

碧玉妆(打扮)成一树高,
万条垂下绿丝绦(丝带,此处指柳枝)。
不知细叶谁裁出,
二月春风似剪刀。

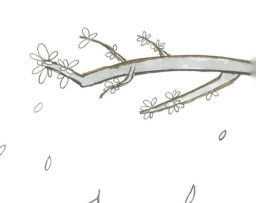

回乡偶书二首(其一)

（唐）贺知章

少小离家老大回，
乡音无改<ruby>鬓<rt>bìn</rt></ruby><ruby>毛<rt></rt></ruby><ruby>衰<rt>cuī</rt></ruby>。

儿童相见不相识，

笑问客从何处来。

此诗是天宝三年(744年)作者84岁告老还乡时所作,"偶"字突出诗人是在偶然间感悟到发自心底的对世事沧桑、物是人非的感慨。

回乡偶书二首

(唐)贺知章

其一

少小离家老大(年纪大了)回,
乡音无改鬓毛(额角边靠近耳朵边的头发)衰(稀疏)。
儿童相见不相识,
笑问客从何处来。

其二

离别家乡岁月多,
近来人事半消磨。
惟有门前镜湖水,
春风不改旧时波。

衰:为了押韵,可用古音读衰(cuī)。本诗集许多字为古音或通假字,皆可用之。

登幽州台歌

（唐）陈子昂[áng]

前不见古人，

后不见来者。

念天地之悠悠，

独怆[chuàng]然而涕下！

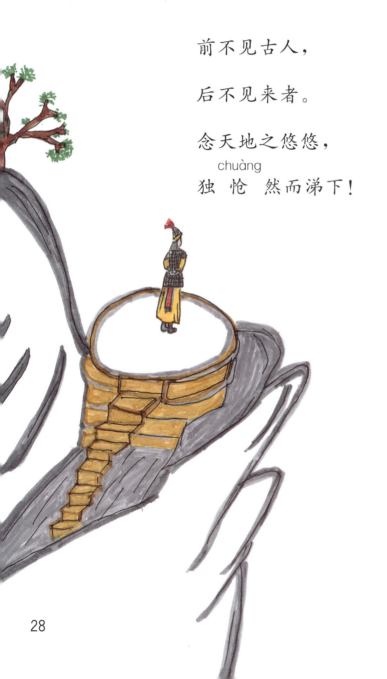

28

陈子昂(659—700),字伯玉。唐代大臣、诗人。梓(zǐ)州射洪(今四川)人。典型富家子弟,《唐才子传校笺》称其年少时:"任侠尚气弋博(yì bó)(射猎博戏)。"文明元年(684年)进士及第,因官拜右拾遗又称"陈拾遗",为武则天赏识。于圣历元年(698年)辞官归乡,后遭射洪县令诬陷,终冤死狱中。

此诗写于武则天万岁通天元年(696年),当时契丹攻陷营州,武则天委派侄子建安郡王武攸(yōu)宜率军北征契丹,陈子昂在军中担任掌书记,随军出征。

征战中,因武攸宜轻率使前军覆没。陈子昂满腔热血向武攸宜进谏"乞分麾(huī)下万人以为前驱",要求上战场精忠报国,武攸宜回复"素是书生,谢而不纳"。然陈子昂再次进谏,这次激怒武攸宜,将陈子昂降为军曹。陈子昂的满腹家国情怀被否定,内心悲愤到极点,登台写下此诗。

登幽州台(又称蓟[jì]北楼,故址在今北京市)歌

(唐)陈子昂

前(过去)不见古人(古代礼贤下士的贤明君主),
后(未来)不见来者(后世重视人才的圣君)。
念(想到)天地之悠悠(形容时间和空间的无穷无尽),
独怆然(悲凉的样子)而涕(眼泪)下!

幽州:郡名,即现在北京大兴县。《吕氏春秋·有史览》载,"北方有幽州属燕国之地",燕国属战国七雄(齐、楚、燕、韩、赵、魏、秦)之一,《尚书·舜典》,"燕曰幽州",远古九州之一。

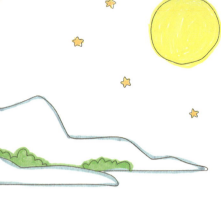

望月怀远

（唐）张九龄

海上生明月，

天涯共此时。

情人怨遥夜，

竟夕起相思。

灭烛怜光满，

披衣觉露滋。

不堪盈手赠，

还 寝梦佳期。
huán

张九龄(678—740),字子寿,又名博物。韶州曲江(今广东韶关)人。唐代开元名相,诗人。

这是一首望月怀亲的名篇,约写于开元二十四年(736 年),是作者遭李林甫排挤罢相,被贬为荆州刺史后的作品。诗人写月夜对远方亲人的相思之情。起首两句"海上生明月,天涯共此时"被颂为千古佳句。

望月怀远(怀念远方的亲友)

(唐)张九龄

海上生明月,
天涯共此时。
情人(多情的人)怨遥夜(长夜),

竟夕(整夜)起相思(思念)。
灭烛怜(爱)光满(月光满照),
披衣觉露滋(湿润)。
不堪(不能)盈(满)手赠,

还寝(回去睡觉)梦佳期。

海上缓缓升起了明月,
你我天涯共望此月。
有情的人儿啊,总怨这漫漫长夜如何度过,

通宵无眠地起了相思怨恨!
爱这月色无边我轻熄烛光,
觉得露重湿润方才披上外衣。
睡不着,又不能把满手的月光送给你啊!

怎么办,洗洗睡吧!也许在梦里还能和你相聚呢!

guàn
登鹳雀楼

huàn
（唐）王之涣

白日依山尽，

黄河入海流。

欲穷千里目，

更上一层楼。

　　王之涣(688—742),字季凌。唐代大臣、诗人。原籍并州晋阳(今山西太原)人。早年进士及第,为官清正,后遭人诽谤,拂(fú)衣去官。此公颇有五柳先生的风范!后诗人游历山河十五年,为人豪放不羁(jī),常击剑悲歌,留存今世诗甚少,《全唐诗》仅存六首,《登鹳雀楼》为其代表作之一。

　　这是一首登楼诗,当年唐代诗人在鹳雀楼留诗甚多,唯此诗独步千古。

登鹳雀楼

(唐)王之涣

白日(太阳)依山尽(消失,渐渐落下),
黄河入海流。
欲(想要)穷(尽、极)千里目,
更(再)上一层楼。

　　鹳雀楼:又名鹳鹊楼,因时常有鹳雀停在楼上而得名,旧址在山西蒲州(今山西永济)西南的黄河边上,楼高三层,前瞻中条山,下瞰黄河,为唐代游览胜地。

春　晓

（唐）孟浩然

春眠不觉晓，

处处闻啼鸟。

夜来风雨声，

花落知多少。

34

　　孟浩然(689—740),字浩然,号孟山人。唐代山水田园派诗人。襄州襄阳(今湖北襄阳)人,世称"孟襄阳"。曾隐居鹿门山读书,40岁赴长安游玩,经常在太学赋诗,一座嗟(jiē)伏。虽终身布衣,但诗名很大,与王维、开元盛世名相张九龄、中唐大臣韩思复为忘形之交。主要作品有《春晓》《宿建德江》《过故人庄》等。

　　唐代读书人科举是入仕的途径,进士及第从政做官。落第回家,叫归隐。诗人一生不得志,其实他也希望有功名在身,能有一官半职。所以他在与交往的大臣游玩宴庆时,诗的末尾会流露出荐举的意愿,如《临洞庭赠张丞相》言:"欲济无舟楫,端居耻圣明。坐观垂钓者,徒有羡鱼情。"写的就是自己想要做官,想要成就一番事业,可是没有人帮助自己的感慨。这张丞相就是写《望月怀远》的张九龄。张九龄提拔过许多人,诗人都说得很直白:"丞相钓了那么多的鱼,我真羡慕那些被您钓上去的鱼啊!"可惜最后也只能自吟"余亦忘机者",成了一名忘却功名利禄、勾心斗角机心的隐士。

春　晓

(唐)孟浩然

春眠不觉(不知不觉)晓(天亮),
处处闻(听到)啼(鸣叫)鸟。
夜来(昨夜)风雨声,
花落知多少。

过故人庄

（唐）孟浩然

故人具鸡黍（shǔ），邀我至田家。

绿树村边合，青山郭外斜（xié）。

开轩面场圃（pǔ），把酒话桑麻。

待到重阳日，还来就菊花（huán）。

这是唐代田园诗的代表作。诗人被老朋友邀请到农庄,吃了一回鸡黍饭,两人"相见无杂言""把酒话桑麻"。整诗浑然天成,田家野趣妙不可言!

过(拜访)故人(老朋友)庄①

(唐)孟浩然

故人具(准备)鸡黍(农家待客的丰盛饮食),

邀我至田家。

绿树村边合(环抱),

青山郭(村庄的外墙)外斜。

开轩(窗)面场圃(打谷场、菜园),

把酒话桑麻(指庄稼)。

待到重阳日,

还来就(观赏;靠近)菊花。

重阳日:指重阳节,在农历九月初九,易经中"九"为阳数,"九九"两个阳数相重,故曰"重阳"。古时有登高祈福、饮菊花酒、插茱萸等习俗。2012 年,我国又定为"敬老节"。

斜:为了押韵,可按古音读斜(xiá)字。

———————

① 原诗取自《全唐诗》(增订本)(全十五册)卷三 1654 页,中华书局 1999 年版。

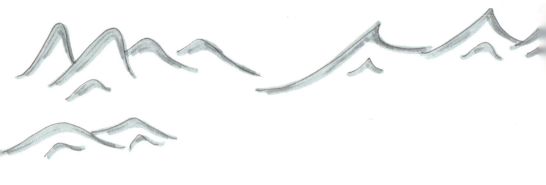

逢雪宿芙蓉山主人

（唐）刘 长 卿
_{zhǎng}

日暮苍山远，

天寒白屋贫。

柴门闻犬吠，
_{fèi}

风雪夜归人。

刘长卿,生卒年不详,字文房。唐代大臣、诗人。河间(今河北献县)人,开元二十一年(733年)进士及第,在中唐年间颇有诗名,《唐才子传》言"每题诗,不言姓,但书长卿,以天下无不知其名者"。尤以五言诗著名,自号"五言长城"。面对这幅风雪夜宿图,余深觉此中有真意,但欲辩已忘言。

逢雪宿芙蓉山主人

(唐)刘长卿

日暮(傍晚)苍(青色;苍茫)山远,
天寒白屋(简陋的茅草屋)贫。
柴门(用柴草做的门)闻犬吠(狗叫),
风雪夜归人。

芙蓉山:因中国之大,各地以"芙蓉"命名的山较多,无法考证。

出塞二首(其一)
sài

（唐）王昌龄

秦时明月汉时关，

万里长征人未还。

但使龙城飞将在，

不教胡马度阴山。

王昌龄(约694—757)(一作约698—756),字少伯。唐代大臣,边塞诗人。京兆万年人。开元十五年(727年)进士及第。因曾任江宁(今江苏南京)丞和龙标(今湖南黔[qián]阳)尉,世人又称"王江宁""王龙标"。诗人晚节不护细行(不注意小节)被贬。安史之乱中,诗人还乡,被亳(bó)州刺史闾(lǘ)丘晓所杀。

《出塞》是乐府古题,唐代诗人写边塞诗常用的题目,诗题点明这是一首乐府诗,是诗人的代表作之一,也是唐代七绝边塞诗的压卷绝作。

出塞二首

(唐)王昌龄

其一

秦时明月汉时关(明月还是秦汉时的明月,边关还是秦汉时的边关),
万里长征人未还。
但使(只要)龙城飞将(汉代名将李广)在,
不教(不叫、不让)胡马(指匈奴骑兵)度(越过)阴山。

其二

骝[liú]马新跨白玉鞍,
战罢沙场月色寒。
城头铁鼓声犹震,
匣里金刀血未干。

龙城飞将:汉代名将李广,被匈奴称为"汉之飞将军"。龙城,卢龙城(今河北卢龙),汉代右北平郡所在地,《史记·李将军传》曾言,"广居右北平",即李广驻军在右北平郡的卢龙城。

骝马:古书上指黑鬣[liè](马颈上的长毛)黑尾巴的红马。

送柴侍御

（唐）王昌龄

流水通波接武冈，

送君不觉有离伤。

青山一道同云雨，

明月何曾是两乡。

赏析

此诗大约作于唐玄宗天宝七年（748 年），作者被贬龙标（今湖南黔［qián］阳）尉，柴侍御将要从龙标前往武冈（今属湖南），作者为他所作的一首送别诗。

王昌龄是"七绝圣手"。王世贞有言："七言绝句，王江宁与李太白争胜毫厘，俱是神品。"作者被贬龙标时，李白用"我寄愁心与明月，随君直到夜郎西"来表达他对作者的无限同情和感伤。而此诗却是作者在谪居地送柴侍御，言情造极，心清如水，不愧"诗家天子"之誉。

送柴侍御（诗人的朋友，姓柴的侍御史）

（唐）王昌龄

流水通波（水路相通）接武冈（地名，今属湖南），
送君不觉有离伤。
青山一道同云雨（君与我虽青山相隔，云雨相同），
明月何曾是两乡（君与我虽两地分居，明月同照）。

侍御：唐代官职名，又称侍御史。御史台有三院，分别为台院、殿院、察院，其僚都可称侍御史。

黔：贵州的别称之一，另一别称为"贵"。

43

芙蓉楼送辛渐二首(其一)

(唐)王昌龄

寒雨连江夜入吴，

平明送客楚山孤。

洛阳亲友如相问，

一片冰心在玉壶。

　　这是一首送别诗,此诗应作于天宝元年(742年),时王昌龄任江宁(今江苏南京)丞,他的朋友辛渐取道扬州前往洛阳。辛渐是作者的同乡,辛渐返乡,作者应是从南京一路相随至镇江,在芙蓉楼与辛渐道别,并嘱托辛渐,若有云云就回答:"一片冰心在玉壶。"

　　南朝宋诗人鲍照在《代白头吟》中用"清如玉壶冰"来比喻冰清玉洁的品格和信念,所以唐代诗人喜用玉壶冰自勉,以示自己的君子气节。

芙蓉楼送辛渐二首^①

(唐)王昌龄

其一

寒雨连江(天)夜入吴(湖)(这里指镇江),
平明(黎明)送客楚山(泛指长江中下游一带的山)孤。
洛阳亲友如相问,
一片冰心(比喻纯洁的心)在玉壶。

其二

丹阳城南秋海阴,
丹阳城北楚云深。
高楼送客不能醉,
寂寂寒江明月心。

　　芙蓉楼:原名"西北楼",是唐代润州(今江苏镇江)的角楼。
　　吴、楚:古国名。唐代润州,春秋时属吴国,战国时属楚国,所以诗中吴、楚都是指同一个地方,即今镇江一带。

———————

　　① 原诗取自《全唐诗》(增订本)(全十五册)卷二1449页,中华书局1999年版。

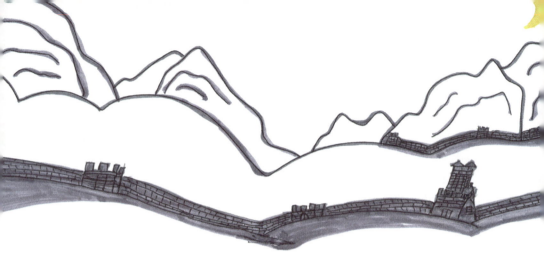

凉州词二首(其一)

（唐）王 翰
^{hàn}

葡萄美酒夜光杯，
欲饮琵琶马上催。
^{pí pá}

醉卧沙场君莫笑，

古来征战几人回？

赏析

　　王翰,生卒年不详,又名王澣(huàn),字子羽。唐代大臣、边塞诗人。并州晋阳(今山西太原)人。唐睿宗景云元年(710年)进士及第。此首《凉州词》是广为流传的盛唐边塞诗名篇,反映了盛唐时期边关的征戍(shù)生活和风土人情。

凉州词二首①

(唐)王　翰

其一

葡(蒲)萄美酒夜光杯(上等美玉制成的酒杯),
欲饮(喝酒)琵琶(木制弦乐器)马上催(弹奏)。
醉卧沙场(战场)君莫笑,
古来征战几人回?

其二

秦中花鸟已应阑,
塞外风沙犹自寒。
夜听胡笳(jiā)折杨柳,
教人意气忆长安。

　　凉州词:又名《凉州曲》,唐代(乐府)曲名,起源于凉州(今甘肃武威)一带。在唐代,西域盛产葡萄酒。夜光杯是西北地区的珍贵物品,传说用白玉精制而成,是在夜间能发光的酒杯。琵琶是胡人的乐器,有四根弦,据东汉末年刘熙《释名》提到琵琶是马上弹奏的乐器。

──────────

① 原诗取自《全唐诗》(增订本)(全十五册)卷三1609页,中华书局1999年版。

别董大二首(其一)

（唐）高　适

千里黄云白日曛，

北风吹雁雪纷纷。

莫愁前路无知己，

天下谁人不识君？

　　高适(约 704—765),字达夫。唐代大臣、诗人。渤海蓨(tiáo)(同"蓨"tiáo)(今河北景县南)人。天宝八年(749 年)举有道科及第,授丘县尉。诗人早年困顿,漂泊半生,熟悉边疆生活,曾为唐朝名将哥舒翰的掌书记,后封渤海县侯。诗人喜功名,比较重节义。此诗应是诗人早期闲散不得意之际所写的赠别诗。

　　诗人的《别董大》共二首,《别董大》其二有言"丈夫贫贱应未足,今日相逢无酒钱"。在这种"贫贱"相逢之际,此诗还能写得如此豪迈,给人以力量,堪称别具风格的送别佳篇。

别董大二首①

(唐)高　适

其一

千(十)里黄云白日曛(昏黄、昏暗),
北风吹雁(雁阵在北风呼啸时南归)雪纷纷。
莫愁前路无知己,
天下谁人不识(认识)君(指董大)?

其二

六翮(hé)飘飖(yáo)私自怜,
一离京洛十馀年。
丈夫贫贱应未足,
今日相逢无酒钱。

　　董大:据说是唐玄宗时代著名的琴客董庭兰,善弹琴。在兄弟中排行第一,故称"董大"。

---

① 原诗取自《全唐诗》(增订本)(全十五册)卷三 2242 页,中华书局 1999 年版。

望庐山瀑(pù)布二首(其二)

（唐）李　白

日照香炉生紫烟，

遥看瀑布挂前川。

飞流直下三千尺，

疑(yí)是银河落九天。

50

李白(701—762),字太白,号青莲居士。唐代最伟大的浪漫主义诗人,没有之一!诗人家世是一个疑问,他自己说是陇西李氏后人。陇西(今甘肃)李氏是郡望,李氏又是汉名将李广的后裔(yì),与大唐皇室是同宗,古人喜托显赫的郡望,也无可厚非。重点是《上安州裴长史书》中诗人自言自己:"五岁诵六甲,十岁观百家";《马韩荆州书》又说:"十五好剑术"。可见有一个相当宽松的成长环境和家庭教育。他的作品极具浪漫主义色彩,个性狂放,诗风豪迈,想象力丰富,善用夸张的艺术手法。天宝初,诗人到长安,贺知章读《蜀道难》叹曰:"子谪(zhé)仙人也",故有"诗仙"之美誉。

望庐山瀑布二首(其二)

(唐)李 白

日照香炉(庐山的香炉峰)生紫烟,
遥看瀑布挂前川(河流,这里指瀑布)。
飞流直下三千尺,
疑是银河落九天(九重天,形容极高极多重的天空)。

其一

西登香炉峰,南见瀑布水。
挂流三百丈,喷壑(hè)数十里。
欻(xū)如飞电来,隐若白虹起。
初惊河汉落,半洒云天里。
仰观势转雄,壮哉造化功。
海风吹不断,江月照还空。
空中乱潨射,左右洗青壁。
飞珠散轻霞,流沫沸穹石。
而我乐名山,对之心益闲。
无论漱琼液,还得洗尘颜。
且谐宿所好,永愿辞人间。

九天:中华传统文化认为天有九霄,也称九天,就是九重天。九是数量词,极多的意思。

庐山:位于江西九江市,我国名山之一。香炉峰,在庐山西北,其峰尖圆,因状似香炉且烟云笼罩而得名。

古朗月行（节选）

（唐）李 白

小时不识月，

呼作白玉盘。

又疑瑶台镜，

飞在青云端。

　　《朗月行》是乐府古题,本篇节选诗的前四句。作者采用这个题目,所以称"古朗月行"。前四句颇有童趣,写诗人小时候对月亮的认识,朗朗上口,所以被节选成篇。

古朗月行① (节选)

(唐)李　白

小时不识月,
呼作白玉盘。
又疑瑶台(神话中仙人居住的地方)镜,
飞在青云端。

古朗月行(全诗)

小时不识月,呼作白玉盘。
又疑瑶台镜,飞在青云端。
仙人垂两足,桂树何团团。
白兔捣药成,问言与谁餐。
蟾蜍蚀圆影,大明夜已残。
羿昔落九乌,天人清且安。
阴精此沦惑,去去不足观。
忧来其如何,凄怆摧心肝。

---

① 原诗取自《全唐诗》(增订本)(全十五册)卷三 1697 页,中华书局 1999 年版。

赠汪伦

（唐）李　白

李白乘舟将欲行，

忽闻岸上踏歌声。

桃花潭水深千尺，

不及汪伦送我情。

54

　　此首是送别诗,约作于天宝十四年(755 年),作者在安徽泾(jīng)县游桃花潭时所作。据说因此诗,桃花潭建了"踏歌岸阁",门头写有"踏歌左岸"。

　　本诗在清代袁枚《随园诗话补遗》记载:

　　唐时汪伦者,泾川豪士也,闻李白将至,修书迎之,诡(guǐ)云:"先生好游乎? 此地有十里桃花,先生好饮乎? 此地有万家酒店。"李欣然至。乃告云:"'桃花'者,潭水名也,并无桃花;'万家'者,店主人姓万也,并无万家酒店。"李大笑,款留数日,赠名马八匹,官锦十端,而亲送之。李感其意,作《桃花潭》绝句一首。

赠汪伦(李白的朋友)

(唐)李　白

李白乘舟将欲行,
忽闻岸上踏歌声。
桃花潭(水潭名,今安徽泾县西南)水深千尺,
不及汪伦送我情。

　　踏歌:唐代民间流行的一种唱歌方式。古时的民间歌调,一边以脚踏地为节拍,一边唱歌。

---

① 参考书目郁贤皓:《李白集》,南京凤凰出版社 2014 年版,第 196—198 页。
② 参考书目陈伯海:《唐诗汇评(上)》,浙江教育出版社 1995 年版,第 653—654 页。

静夜思

(唐)李　白

床前明月光，

疑是地上霜。

举头望明月，

低头思故乡。

此诗写作年份不详,是自命新题的乐府诗。该诗应是诗人在秋夜客居他乡,望月思乡的诗作。

郭茂倩《乐府诗集·新乐府辞》《李太白全集》所载均为"举头望山月",似不如现行选本"举头望明月"自成妙境。

静夜思①

(唐)李 白

床前明月光,
疑(好像)是地上霜。
举头(抬头)望明月,
低头思故乡。

夜 思

(唐)李 白

床前看月光,疑是地上霜。
举头望山月,低头思故乡。

2015 年 3 月 21 日,联合国发行了《世界诗歌日》的一套邮票,有汉语、英语、法语、俄语、西班牙语、阿拉伯语共六种世界主要语言的代表诗歌,本诗被选为代表汉语诗歌而制成邮票,流传于全世界。

———————————

① 原诗取自《全唐诗》(增订本)(全十五册)卷三 1711 页,中华书局 1999 年版。

早发白帝城

（唐）李 白

朝辞白帝彩云间，
千里江陵一日还_{huán}。
两岸猿声啼_{tí}不住，

轻舟已过万重山。

　　此诗作于唐肃宗乾元二年(759年)，作者因永王李璘案，以"从逆"罪被流放夜郎(今贵州正安西北)，取道四川经过十五个月的跋山涉水到达地势险峻的白帝城。忽然得知特赦(shè)的消息，作者旋即乘船顺流而下返回江陵，惊喜交加之际，写下这首令人百读不厌的诗篇。

早发白帝城 (又名"白帝下江陵" 清晨从白帝城出发)①

(唐)李　白

朝辞(告别)白帝彩云间，
千里江陵(今湖北省荆州市)一日还(返回)。
两岸猿声啼(叫)不住(尽)(停息)，
轻舟已过万重山(形容山层层叠叠，极多)。

　　白帝城：古城名，位于重庆奉节东白帝山上，东汉公孙述所建。公孙述在东汉光武帝建武元年(25年)，称帝于蜀，自号白帝，故名白帝城。

　　长江上下游地势落差极大，白帝城地势极高，从江上仰望，白帝城高耸入云，所以有白帝城在"彩云间"之描述。郦道元《三峡》有云："有时朝发白帝，暮到江陵，其间千二百里。"指出白帝(重庆奉节)至江陵(湖北荆门)，共有一千二百里路程，顺流而下的话一天也可归来，故有"千里江陵一日还"之说。

　　① 原诗取自《全唐诗》(增订本)(全十五册)卷三1850页，中华书局1999年版。

独坐敬亭山

（唐）李　白

众鸟高飞尽，

孤云独去闲。

相看两不厌，

只有敬亭山。

这首诗据说是作者在天宝三载(744年)仕途失意,被迫离开长安,经过整整十年的漂泊游历,来到宣城,独坐在敬亭山(今安徽省宣州市区北郊)时所写。

独坐敬亭山

(唐)李 白

众鸟(成群的鸟)高飞尽(绝迹),
孤云独去闲(独自悠闲地飘去)。
相看两不厌(满足),
只有敬亭山。

宣城:自西汉设郡,为六朝名城,是中国文房四宝之乡。李白对宣城甚是喜欢,一生七访宣城,曾作《寄从弟宣州长史昭》有言:"尔佐宣州郡,守官清且闲。常夸云月好,邀我敬亭山。"

敬亭山:我国名山之一,国家4A旅游景区,属黄山支脉,每年三月杜鹃花漫山遍野。

黄鹤楼送孟浩然之广陵

（唐）李　白

故人西辞黄鹤楼，

烟花三月下扬州。

孤帆远影碧空尽，

唯见长江天际流。

这是一首送别诗,写于开元盛世,作者刚出四川北游不久,正快意青春。孟浩然比作者大十多岁,诗名已满天下。两人交好,时值孟浩然要去扬州,作者感觉孟大哥去扬州,那就是去旅游,那就是诗和远方。俨然如诗人《赠孟浩然》云:"吾爱孟夫子,风流天下闻……高山安可仰,徒此揖(yī)清芬。"黄鹤楼至烟花扬州沿途繁花似锦,作者心里那是身不能至,然心向往之,整诗全无半点离伤之情。

黄鹤楼送孟浩然之(去)广陵(扬州的旧名)

(唐)李 白

故人(指孟浩然)西辞黄鹤楼,
烟花三月下扬州。
孤帆远影碧空尽(消失),
唯见长江天际(天边)流。

黄鹤楼位于湖北省武汉市长江南岸的武昌蛇山山顶,下临长江,有"天下江山第一楼"之称,武汉市地标之一。唐代有名的游览胜地。原楼已毁,现楼1985年落成。

宣州谢朓楼饯别校书叔云

（唐）李　白

弃我去者，昨日之日不可留；

乱我心者，今日之日多烦忧。

长风万里送秋雁，

对此可以酣高楼。

蓬莱文章建安骨，

中间小谢又清发。

俱怀逸兴壮思飞，

欲上青天览明月。

抽刀断水水更流，

举杯消愁愁更愁。

人生在世不称意，

明朝散发弄扁舟。

这是一首送别诗,作于天宝末年,作者在宣城饯别(备酒食送别)族叔李云所作。李云为秘书省校书郎,专门从事图书校订整理工作。东汉时学者把朝廷藏书楼东观称为"蓬莱",此处暗指李云工作的秘书省。

宣州谢朓楼饯别校书叔云(族叔李云)

(唐)李 白

弃我去者,昨日之日不可留;

乱我心者,今日之日多烦忧。

长风万里送秋雁(万里秋风送雁归),

对此可以酣高楼(此情此景可在谢朓楼畅饮)。

蓬莱文章建安骨(叔叔您的文章有建安风骨),

中间小谢又清发(我的文章和谢朓一样清朗)。

俱怀逸兴壮思飞(我们都心怀飘逸豪迈的兴致和雄心),

欲上青天览(同"揽",摘取)明月。

抽刀断水水更流,

举杯消愁愁更愁。

人生在世不称意,

明朝散发(松开头发,平时束发戴帽)弄扁舟(小船)。

谢朓楼:南齐著名诗人谢朓在宣城(今安徽宣城县)太守任内所建,时称北楼,又名谢公楼,是宣城的游览胜地。

"大谢":谢灵运。谢朓人称"小谢",诗文作者李白以"小谢"自喻,颇有自信!

"建安骨":东汉末年建安时期,曹操父子及"七子"等文人刚劲雄健的艺术风格,诗人夸族叔文章所用,颇有巧思!

将 进 酒
qiāng

（唐）李 白

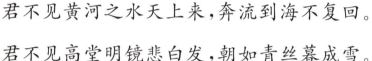

君不见黄河之水天上来，奔流到海不复回。

君不见高堂明镜悲白发，朝如青丝暮成雪。

人生得意须尽欢，莫使金樽空对月。

天生我材必有用，千金散尽还复来。

烹羊宰牛且为乐，会须一饮三百杯。

岑夫子，丹丘生，

将进酒，杯莫停。

与君歌一曲，请君为我侧耳听。

钟鼓馔玉何足贵，但愿长醉不复醒。
zhuàn

古来圣贤皆寂寞，惟有饮者留其名。

陈王昔时宴平乐，斗酒十千恣欢谑。
zì xuè

主人何谓言少钱，径须沽取对君酌。

五花马，千金裘，

呼儿将出换美酒，与尔同销万古愁。

这首《将进酒》是乐府旧题,铙(náo)歌的曲调,为"谪仙人"之作。《将进酒》为劝酒歌,以宴会中饮酒放歌为主要内容。据考证,此诗作于开元二十二年(734年),诗人与好友"岑夫子"(岑勋)前往"丹丘生"(元丹丘)的"颍(yǐng)阳山居"做客。元丹丘置酒会友,三人快意人生之际,满腹不合时宜的诗人借酒抒发。喝到狂放之时,向来自命不凡的诗人,竟然反客为主,颐指气使,提出将主人家的"千金裘""五花马"拿去换美酒,迸出点题之句"与尔同销万古愁",成就劝酒之绝唱。

将(请)进酒①

(唐)李 白

君不见黄河之水天上来,
奔流到海不复回。
君不见高堂明镜悲白发,
朝如青丝(黑发)暮成雪(白发)。
人生得意须尽欢,
莫使金樽(精美的酒器)空对月。
天生我材必有用,
千金散尽还复来。
烹羊宰牛且为乐,
会须(正当)一饮三百杯。
岑夫子(岑勋,李白的朋友;夫子,对读书人的尊称),
丹丘生(元丹丘,李白的朋友;生,年轻的读书人),
将进酒,杯莫停。
与君歌一曲,
请君为我侧耳听。
钟鼓(富贵人家宴会时用的乐器)馔玉(指精美的饮食)何足贵,
但愿长醉不复醒。
古来圣贤皆寂寞,
惟有饮者留其名。
陈王(三国魏之曹植被封陈王)昔时宴平乐(在平乐观宴乐),
斗酒十千(一斗酒值十千钱,言酒极好)恣(任意)欢谑(欢笑)。
主人何谓(为什么)言少钱,
径须沽取(买来)对君酌。
五花马(唐时好马的鬃毛都被剪成花瓣形,三瓣称三花,五瓣称五花)、千金裘(名贵的皮衣),
呼儿将出(取出)换美酒,
与尔同销万古愁。

① 原诗取自《全唐诗》(增订本)(全十五册)卷三 1684 页,中华书局 1999 年版。

鹿　柴　^{zhài}

（唐）王　维

空山不见人，

但闻人语响。

返景　入深林，^{yǐng}

复照青苔上。

王维(701—761),字摩诘(jié)。唐代大臣、诗人。蒲州(今山西永济)人。开元九年(721年)进士及第。因其精通佛学,故人称"诗佛";因官至尚书右丞,世人又称"王右丞"。他有多方面的艺术才能,苏轼在《书摩诘蓝田烟雨图》称"味摩诘之诗,诗中有画;观摩诘之画,画中有诗"表明其山水诗尤为出色。

这首诗是诗人后期山水诗代表集《辋(wǎng)川集》二十首组诗中的第四首,是诗人依照自己在鹿柴(地名,今陕西蓝田终南山下)辋川别业中一景所作。

鹿 柴

(唐)王 维

空(空旷)山不见人,
但闻(只听见)人语响。
返景(夕照的光,景通"影",指日光)入深林,
复(又)照青苔上。

柴:通"寨""砦(zhài)",意思是用于防守的木栅栏等。鹿柴,也就是用树枝或树杈搭出形似鹿角的栅栏。

九月九日忆山东兄弟

(唐)王　维

独在异乡为异客，

每逢佳节倍思亲。

遥知兄弟登高处，

遍插茱^{zhū yú}萸少一人。

　　思乡怀亲是唐代诗歌的重要主题,此诗是王维十七岁那年,在长安过重阳节时,写的一篇思乡怀亲诗。其中"每逢佳节倍思亲"是广为流传的名句,千百年来勾起无数"异乡""异客"的思乡情结。

九月九日忆山东(华山以东)兄弟

(唐)王　维

独在异乡为异客,
每逢佳节倍思亲。
遥知兄弟登高(古时重阳节有登高的习俗)处,
遍插茱萸(一种有香气的植物)少一人。

　　茱萸:一种香气浓郁的植物,重阳节时佩戴,据说可以避祸驱邪。王维是蒲州(今山西永济)人,蒲州在华山之东,文中"山东"即华山以东,实指王维的故乡蒲州,故王维称家中兄弟为"山东兄弟"。

杂诗三首(其二)

(唐)王　维

君自故乡来，

应知故乡事。

来日绮^{qǐ}窗前，

寒梅著^{zhuó}花未^{wèi}？

此诗是王维的组诗。原题下有三首,写游子思乡之情。应是"安史之乱"后,作者隐居孟津(今河南洛阳孟津县,北临黄河)时所写,诗人通过"寒梅"云云,将一个人对故乡的思念通过"你从故乡来的时候,我家窗前的'寒梅'开花没有?"这样的具体的问题来衬托诗人浓浓的乡愁。

杂诗三首

(唐)王 维

其一

家住孟津河,
门对孟津口。
常有江南船,
寄书家中否?

其二

君自故乡来,
应知故乡事。
来日(来的时候)绮窗(雕花之窗)前,
寒梅著花(开花)未(没有;否)?

其三

已见寒梅发,
复闻啼鸟声。
心心视春草,
畏向阶前生。

相　思

（唐）王　维

红豆生南国，

春来发几枝？

愿君多采撷，
^{xié}

此物最相思。

王维这首《相思》又名"江上赠李龟年",可见是赠给友人李龟年之作。古时"相思"两字不单指男女情爱,也指朋友间的思念。

据载李龟年在天宝之乱后流落江南,就经常为人演唱此首《相思》。

唐代五绝被乐工谱曲甚多,唯此首言浅意深,一语双关,却写尽对朋友的深深眷念,成为当时流行歌曲也不足为奇啦!

此诗另有选本:"劝君休采撷",感觉比"愿君多采撷"更胜在委婉动人,直击相思的本源。

相　思

(唐)王　维

红豆(红豆树的种子)生南国,

春来发几枝?

愿君多采撷(采摘),

此物最相思。

相思子

(唐)王　维

红豆生南国,秋来发故枝?

劝君休采撷,此物最相思。

红豆:红豆树的种子,颜色鲜红、浑圆晶莹,生长在南方亚热带地区。文学作品中常用红豆来象征相思之情,故名"相思子"。

黄鹤楼

（唐）崔颢 hào

昔人已乘黄鹤去，

此地空余黄鹤楼。

黄鹤一去不复返，

白云千载空悠悠。

晴川历历汉阳树，

芳草萋萋鹦鹉洲。 qī

日暮乡关何处是？

烟波江上使人愁。

崔颢(约704—754),汴州(今河南开封)人。唐代大臣、诗人。玄宗开元十一年(723年)进士及第。

这是一首登楼诗,题黄鹤楼之绝唱。宋代诗论家严羽在《沧浪诗话》评此诗:"唐人七言律诗当以崔颢《黄鹤楼》为第一。"元人辛文房在《唐才子传》记李白登黄鹤楼想赋诗,但见作者题诗,说:"眼前有景道不得,崔颢题诗在上头。"此事也许为后人附会,但也说明诗人及诗已"名重当时"。

黄鹤楼①

(唐)崔　颢

昔人(传说中的仙人)已乘黄鹤(白云)去,
此地空余(剩下)黄鹤楼。
黄鹤一去不复返,
白云千载空悠悠。
晴川(阳光下的平原)历历(清楚)汉阳(地名)树,
芳草萋萋(草木茂盛的样子)鹦鹉洲(沙洲名,在武昌)。
日暮(黄昏)乡关(故乡)何处是?
烟波江上使人愁。

---

① 原诗取自《全唐诗》(增订本)(全十五册)卷二1329页,中华书局1999年版。

劝 学

(唐)颜真卿^{qīng}

三更^{gēng} 灯火五更鸡，

正是男儿读书时。

黑发不知勤学早，

白首方悔读书迟。

　　颜真卿(709—784),字清臣,号应方。唐代书法家。京兆万年(陕西西安)人,祖籍琅琊(láng yá)临沂(yí),他的书法为世楷模,被称"颜体",与赵孟頫(fǔ)、柳公权、欧阳询合称为"楷书四大家"。

　　作为颜氏子孙,作者深受《颜氏家训》的影响。母亲殷氏,长于书法,在家对子要求严格,作者也勤奋好学,苦学不已。此诗就是作者勉励后人所作。

劝(勉励)学

(唐)颜真卿

三更(晚11点到翌[yì]晨1点)灯火五更鸡(天亮时鸡叫),
正是男儿读书时。
黑发(代指少年)不知勤学早,
白首(代指老年)方(才)悔读书迟。

更:量词,古时一夜分成五更,每更大约两小时。
翌晨:次日早晨。

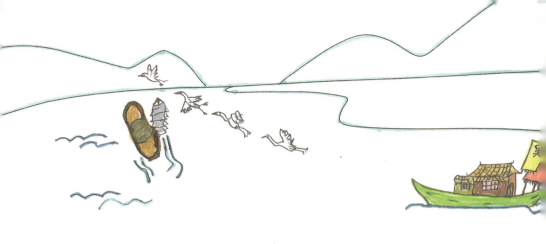

绝句四首(其三)

(唐)杜 甫
fǔ

两个黄鹂鸣翠柳，

一行 白鹭上青天。
háng   lù

窗含西岭千秋雪，

门泊东吴万里船。
bó

80

　　杜甫(712—770),字子美。唐代大臣、著名现实主义诗人。祖籍襄阳(今属湖北襄樊)人,迁居巩县(今属河南巩义)。作者是我国古代最伟大的诗人之一,后世尊其"诗圣"。因曾被唐肃宗拜左拾遗,又被荐为工部员外郎,所以世称"杜拾遗""杜工部"。作者的诗真实地反映了他所处的时代,所以作者的诗被称为"诗史"。

　　此诗是诗人寓居成都浣花溪草堂时所作。公元763年安史之乱平定,成都尹严武(作者世旧)于764年镇蜀。严武对诗人待遇甚厚,作者从梓州(今四川三台)听到此消息,也马上赶回成都草堂,即兴写下四首组诗。作者未拟题,就以绝句为题。这是第三首,处处透出诗人内心的喜悦和欢快。诗的最后两句,原注:"西山白雪,四时不消。"西岭指成都西南的岷山,东吴古属吴国,今江苏、浙江两省东部地区。成都水路通长江,写出诗人身居成都草堂斗室,却胸怀万里东吴之途。

绝句四首(其三)

(唐)杜　甫

　　两个黄鹂鸣翠柳,
　　一行白鹭上青天。
　　窗含西岭(岷山)千秋雪(终年不化的白雪),
　　门泊东吴万里船。

江南逢李龟年

（唐）杜　甫

岐王宅里寻常见，

崔九堂前几度闻。

正是江南好风景，

落花时节又逢君。

酒

这首诗作于大历五年(770年)春,作者与李龟年在潭州(今湖南长沙)相遇。李龟年是唐代开元年间著名的歌手。诗人少年时期,在岐王府(岐王乃唐睿宗之子、唐玄宗之弟李范,唐代文艺青年)和崔九宅里(崔九原注:殿中监崔涤[dí]。唐玄宗的宠臣)多次听过李龟年唱歌。此时,历经乱世,俩人再度重逢,皆有沧海桑田之感。

江南逢李龟年①

(唐)杜 甫

岐王(范)宅里寻常(平常)见,
崔九堂前几度闻。
正是(值)江南好风景,
落花时节(指暮春季节)又逢君。

---

① 原诗取自《全唐诗》(增订本)(全十五册)卷四2559页,中华书局1999年版。

前出塞九首(其六)

(唐)杜 甫

挽弓当挽强，用箭当用长。

射人先射马，擒贼先擒王。

杀人亦有限，列国自有疆。

苟能制侵陵，岂在多杀伤。

这是作者的《出塞》组诗之一，共九首，后作者又写了《出塞》五首，为征东都之兵赴蓟门而作。故在此组诗前加"前"以示区别。《前出塞九首》为征秦陇之兵赴交河而作，应是作者写于天宝末年，哥舒翰出征吐蕃(bō)之际，是九首中较有名的一首。清张远(今浙江萧山人)笺(jiān)注《杜诗会粹(cuì)》评此诗后四句："末二句大经济语，借戍卒(shù zú)口说出。"老杜的政治观点，"拥强兵而反黩(dú)武"。

前出塞九首(其六)①

(唐)杜 甫

挽(拉)弓当挽强(强弓)，
用箭当用长(长箭)。
射人先射马，
擒贼先擒王。
杀人亦有限，
列国(各国)自有疆(边界)。
苟(如果)能制(制止)侵(侵犯)陵，
岂(怎么)在(在意)多杀伤。

吐蕃:我国古代民族，在今青藏高原，唐时曾建立政权。

---

① 原诗取自《全唐诗》(增订本)(全十五册)卷四2295页，中华书局1999年版。

蜀　相

（唐）杜　甫

丞相祠堂何处寻，
锦官城外柏森森。

映阶碧草自春色，
隔叶黄鹂空好音。

三顾频烦天下计，

两朝开济老臣心。

出师未捷身先死，
长使英雄泪满襟。

赏析

　　这首诗是在唐肃宗上元元年(760 年)所作。作者流落到成都,定居锦官城,第一件上心的事,就是去谒(yè)武侯祠。

　　此诗写蜀后主建兴十二年(234 年)春,诸葛亮出兵北伐,在五丈原(今陕西宝鸡岐山)屯兵,与司马懿所领魏军隔渭河对阵长达一百多天。八月份,诸葛亮积劳成疾,病死军中之事。写出老杜对"壮志未酬身先死"的一代名相诸葛亮的怀念和惋惜。

蜀　相

(唐)杜　甫

丞相(诸葛亮)祠堂何处寻,
锦官(成都)城外柏森森(翠柏成林,郁郁葱葱)。
映阶碧草(碧草映阶)自春色(自为春色),
隔叶黄鹂(黄鹂隔叶)空好音(空作好音)。
三顾频烦天下计,
两朝(指刘备、刘禅两朝)开济(开国匡助)老臣心。
出师未捷身先死,
长使英雄泪满襟。

　　锦官城:成都的别名。古代成都以产锦闻名,并有官员专门管理,官署设在成都,故有"锦官城"称呼。武侯祠在成都武侯区,晋李雄建祠。

闻官军收河南河北

(唐)杜 甫

剑外忽传收蓟北，

初闻涕泪满衣裳。

却看妻子愁何在，

漫卷诗书喜欲狂。

白日放歌须纵酒，

青春作伴好还乡。

即从巴峡穿巫峡，

便下襄阳向洛阳。

　　这首诗作于广德元年(763 年)春,作者时年五十二岁,避难梓州(今四川三台)。这年正月,安史之乱中最后一位叛军将领史朝义兵败自缢,部将投降,历时八年之久的"安史之乱"终于结束。作者听到唐军平息叛乱捷报,喜极而泣、欣喜若狂而作此诗。清代学者浦起龙在《读杜心解》赞此诗为老杜"生平第一首快诗也"。

　　作者的还乡路线,水路从今重庆嘉陵江的"小三峡"巴峡出发,穿过"三峡之一"——今重庆巫山"巫峡",转陆路,再从今湖北襄阳,回作者自己的家洛阳。用"巴峡""巫峡""襄阳""洛阳"四个地名转换,表达作者全家归心似箭。要知道,诗人有个庄园在洛阳,因此诗下作者自注云:"余田园在东京!"

闻(听说)官军(指唐朝的军队)收河南河北

(唐)杜　甫

剑外(剑门关以南)忽传收蓟北(唐朝蓟州北部),
初闻涕泪(眼泪,古时眼泪也叫涕)满衣裳。
却看(回头看)妻子(妻子和儿女)愁何在,
漫(随意地)卷诗书喜欲狂。
白日放歌须纵酒,
青春(春天、春光)作伴好还乡。
即(马上)从巴峡穿巫峡,
便下襄阳向(奔向)洛阳。

剑外:作者所处剑门关以南地区。
蓟北:唐朝蓟州北部(今河北东北部边境)地区,安史之乱时叛军的驻地。

枫桥夜泊

（唐）张　继

月落乌啼霜满天，

江枫渔火对愁眠。

姑苏城外寒山寺，

夜半钟声到客船。

90

　　张继,生卒年不详(一作约715—779),字懿孙,唐代大臣、诗人。襄州(今湖北襄阳)人。天宝十二年(753年)进士及第,《枫桥夜泊》是作者的传世名作。

　　此诗是诗人在至德(756—757年)一个秋天的夜晚,泊舟枫桥纪行之作,但寒山寺因此诗而声名大振!

枫桥夜泊(又名"夜泊枫江")①

(唐)张　继

月落乌啼霜满天,
江枫(江边的枫树)渔火对愁眠。
姑苏城外寒山寺,
夜半钟声到客船。

　　枫桥原名"封桥",因此诗改为"枫桥",在今江苏苏州西郊。姑苏是苏州的别称,因苏州有姑苏山而得名。"江枫"可能指寒山寺旁边的两座桥:"江村桥"和"枫桥"。

　　寒山寺:今苏州枫桥附近的一座古寺,原名"妙利普明塔院"建于南朝梁。相传因唐初名僧寒山曾经住在这里而得名。

　　钟声:宋·彭乘《续墨客挥犀(xī),分夜钟》:"予后至姑苏,宿一院,夜半偶闻钟声,因问寺僧,皆曰:'固有分夜钟,何足怪乎?'寻问他寺皆然,始知半夜钟惟姑苏有之,诗信不缪(miù)也。"分夜钟,就是把夜分成二半的钟,只有苏州寺院有这样夜半敲钟的习俗。

<hr>

　　① 原诗取自《全唐诗》(增订本)(全十五册)卷四2712页,中华书局1999年版。

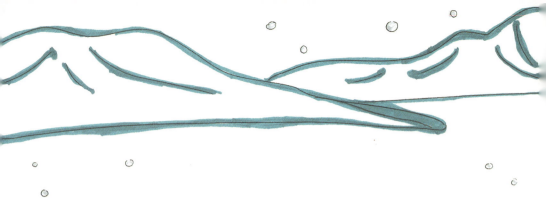

渔歌子

（唐）张志和

西塞山前白鹭飞，

桃花流水鳜鱼肥。

青箬笠，绿蓑衣，

斜风细雨不须归。

　　张志和(732—774),字子同,原名龟龄,号玄真子。唐代大臣、诗人。婺(wù)州金华(今浙江金华)人。诗人十六岁举明经,擅音乐和书画,为当时的太子李亨(后即位唐肃宗)赏识,赐名"志和",又赐奴"渔童"、婢"樵青"各一。在母亲和妻子相继亡故后,作者既感悟人生无常,又厌于宦海风波,逐弃官隐居,带着奴婢二人浪迹天涯,自称"烟波钓徒"。

　　渔歌子是唐教坊曲调名,又叫"渔夫""渔夫乐"等,后成词牌名。此诗作于唐代宗大历八年(773 年),当时颜真卿任湖州刺史,邀作者相见,两人把酒言欢,诗人即兴而作,共五首,此是(又名"渔父歌")第一首。清代文学家刘熙载在《艺概》曾言:"张志和《渔歌子》'西塞山前白鹭飞'一阕,风流千古。"

　　志和有兄张松龄,读了弟弟的诗,惧怕志和放浪不返,就在越州东郭筑室,作词想招还其弟。可惜张志和还是在吴江平望用道家水解的方法升仙了。说白了,就是和屈原一样在颜真卿及门客面前自沉于水中,结束了自己的生命。一如颜真卿为志和作铭文云:"辅明主,斯若人。岂烟波,终此身。"

渔歌子 (又名"渔父歌")

(唐)张志和

西塞山前白鹭飞,
桃花流水鳜鱼(桂鱼)肥。
青箬笠(斗笠),绿蓑衣(用茅草或棕麻编成的雨衣),
斜风细雨不须归。

和答弟志和渔父歌

(唐)张松龄

乐是风波钓是闲,
草堂松径已胜攀。
太湖水,洞庭山,
狂风浪起且须还。

西塞山:在今浙江湖州吴兴区西南,北邻太湖,南接莫干山,风景宜人。
桃花流水:南方桃花开时,春水初涨的春汛,又叫"桃花汛"。

游子吟

（唐）孟　郊

慈母手中线，

游子身上衣。

临行密密缝，

意恐迟迟归。

谁言寸草心，

报得三春晖^{huī}。

　　孟郊(751—814),字东野,湖州武康(今浙江德清)人,唐代大臣、诗人。作者写诗多伤感、苦吟而成,与贾岛齐名,苏轼将他们并称为"郊寒岛瘦"。与韩愈为忘形之交。

　　唐德宗贞元十二年(796年)进士及第,作者年近五十,任溧阳(今属江苏)县尉后,结束了窘困潦倒、漂泊流离的生活,便将母亲接来同住,此诗题下有作者自注,"迎母溧上作",这首诗当写于此时。作者事母甚孝,此诗令人读之,感"母慈子孝"终为人间幸事。

　　据说诗人在县尉任内,对朝廷授予这样一个小官职不放在心里,只寄情山水,因而疏于公务,县令也就每月只发他半个月薪水度日(令白府以假尉代之,分其半俸),传为逸闻。

游子吟

(唐)孟　郊

慈母手中线,
游子身上衣。
临行密密缝,
意恐(担心)迟迟归。
谁言寸草(小草,比喻子女)心,
报得三春晖(阳光)。

　　游子吟:古代歌曲的名称。游子指出门远游的人;吟指轻轻地哼唱,诗体之一。
　　三春:春季中孟春、仲春、季春三个月,泛指整个春天。

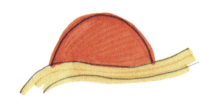

乌衣巷

yǔ
(唐)刘禹锡

朱雀桥边野草花，
xiá
乌衣巷口夕阳斜。

旧时王谢堂前燕，

飞入寻常百姓家。

刘禹锡(772—842),字梦得。唐代大臣、诗人。河南洛阳人。贞元九年(793 年)进士及第。被杜甫推为"诗豪"。本诗是作者最得意的怀古名篇,为《金陵五题》第二首。宋代何汶著《竹庄诗话》卷二言此诗博得白居易"掉头苦吟,叹赏良久"。

乌衣巷

(唐)刘禹锡

朱雀桥边野草花,
乌衣巷口夕阳斜。
旧时王谢(即王导和谢安两大家族)堂前燕,
飞入寻常(普通)百姓家。

乌衣巷:地名,在今南京市东南,文德桥南岸,是三国时东吴的禁军乌衣营驻地。由于当时禁军身着黑色军服,所以此地俗称乌衣巷。东晋至唐代时,王导、谢安两大世族都居住在乌衣巷,人称其子弟为"乌衣郎"。入唐后,乌衣巷被废弃。

朱雀桥:位于今江苏省南京市秦淮区,建于东晋咸康二年(336 年)。原为秦淮河上的浮桥,是市区通往乌衣巷的必经桥梁。

望洞庭

（唐）刘禹锡

湖光秋月两相和，

潭面无风镜未磨。

遥望洞庭山水翠，

白银盘里一青螺。

　　此诗应作于唐穆宗长庆四年(824年)秋,作者自夔(kuí)州(今重庆奉节)刺史转任和州(今安徽和县)时路过洞庭湖所作。写洞庭湖的诗很多,如宋代范仲淹在《岳阳楼记》曾言:"予观夫巴陵胜状,在洞庭一湖。衔远山,吞长江,浩浩汤汤,横无际涯。"

　　而诗人却是写月夜遥望洞庭湖,浅绘出湖光月色清澈相融,洞庭山色青翠,湖中君山就像一只白银盘里装着一颗小巧的青色田螺,颇有人间烟火美味!

望洞庭①

(唐)刘禹锡

湖光秋月两相和(融合),
潭(湖)面无风镜未磨(好像一面没有打磨过的铜镜)。
遥望洞庭山水翠,
白银盘里一青螺(青色的田螺)。

---

① 原诗取自《全唐诗》(增订本)(全十五册)卷六4142页,中华书局1999年版。

竹枝词二首(其一)

（唐）刘禹锡

杨柳青青江水平，

闻郎江上唱歌声。

东边日出西边雨，

道是无晴却有晴。

　　作者在长庆二年至四年(822—824 年)任夔(kuí)州刺史时,填了十一首"竹枝词",此为其中一首。诗人很喜欢这种民歌的曲调,按这种曲调编了《竹枝词》,在唐诗中别开生面,独树一帜! 诗中运用了民歌中常见的修辞手法——谐声双关语,用"东边日出西边雨"七个字写出少女沉浸在初恋中微妙的心理变化:人心啊,真如黄梅时节的天气,说是晴天,东边虽有太阳,西边却还在下雨,到底有晴还是无晴啊!

竹枝词二首(其一)

(唐)刘禹锡

杨柳青青江水平,
闻郎江上唱歌声。
东边日出西边雨,
道是无晴(一作情)却有晴(一作情)。

其二

楚水巴山江雨多,
巴人能唱本乡歌。
今朝北客思归去,
回入纥那披绿罗。

竹枝词:由四川或重庆一带的民歌演化而来,边跳舞边以笛子和鼓乐伴奏。

题都城南庄

（唐）崔　护

去年今日此门中，

人面桃花相映红。

人面不知何处去，

桃花依旧笑春风。

崔护,生卒年不详(一作772—846),字殷功。唐代大臣、诗人。博陵(今河北省衡水市安平县)人。贞元十二年(796年)进士及第,官至岭南节度使。据唐人孟棨(qǐ)《本事诗》记载,此诗应是作者到长安举进士不第,清明节游都城南庄所作。

此诗颇具戏剧性,诗人感叹人生在不经意间会遇到某些美好事物,当时却没有放在心上。事后等你再想去追寻时,却发现已不可复得。从"去年""今日"同时同地同景而"人面不知何处去",表达出作者无限的怅惘。

题都城(唐国都长安)南庄①

(唐)崔　护

去年今日此门中,	去年今日此门中,
人面桃花相映红。	姑娘的容颜与美丽的桃花相映红。
人面不知何处去(在),	此刻,不知姑娘去了何处?
桃花依旧笑(开放)春风。	桃花依旧迎着春风朵朵绽放。

① 原诗取自《全唐诗》(增订本)(全十五册)卷六4161页,中华书局1999年版。

赋得古原草送别
_{fù}

（唐）白居易

离离原上草，

一岁一枯荣。

野火烧不尽，

春风吹又生。

远芳侵古道，

晴翠接荒城。

又送王孙去，

萋萋满别情。
_{qī}

　　白居易(772—846),字乐天,晚年又自号"香山居士","醉吟先生"。唐代大臣、诗人。先世太原(今山西太原)人,后迁居下邽(guī)(今陕西渭南)。贞元十六年(800年)进士及第。《长恨歌》《琵琶行》等七言古诗传诵尤广。唐宣宗《吊白居易》诗中就说:"童子解吟长恨曲,胡儿能唱琵琶篇。文章已满行人耳,一度思卿一怆然。"

　　这首诗据说是作者16岁名震京都的应考习作。科举考试有规定,凡是指定、限定的诗题按惯例须在题目上加"赋得"字样。全诗相当于现代的命题作文,但诗人却写得浑然天成,成为科举中"应制诗"的千古绝唱。

赋得古原草送别

(唐)白居易

离离(柔长、茂盛的样子)原(原野)上草,
一岁一枯荣(繁盛)。
野火烧不尽,
春风吹又生。
远芳(遥望远处青青草)侵(长满)古道,
晴翠(晴空下青翠草色)接荒城。
又送王孙(远行的游子、泛指行人)去,
萋萋满别情(离情别意竟和茂密的芳草一样满心怀)。

暮江吟
mù jiāng yín

（唐）白居易

一道残阳铺水中，
半江瑟瑟半江红。
sè

可怜九月初三夜，

露似真珠月似弓。

106

　　作者曾将自己的诗分成四类,有讽喻诗、感伤诗、闲适诗和杂律诗。本诗是"杂律诗"之一,大约写于长庆二年(822年)。当时牛李党争激烈,京官难当,作者自求外放,赴杭州任刺史途中,站在黄昏时分的江边,一直等到上弦月升起,望着江上月色有感而发。

　　此诗自然率真,充满喜悦,看得出诗人当时离京心情应是相当愉悦,夕阳醉了,落霞醉了,诗人更是沉醉在这秋色弥漫的九月初三夜。

暮江吟

(唐)白居易

一道残阳铺水中,
半江瑟瑟(碧色)半江红。
可怜(可爱)九月初三夜,
露(露珠)似真珠(珍珠)月似弓。

吟:又叫吟颂,是古代诗歌的一种体裁。

大林寺桃花

（唐）白居易

人间四月芳菲尽，

山寺桃花始盛开。

长恨春归无觅处，

不知转入此中来。

此诗是作者元和十二年(817年)四月孟夏被贬为江州(今江西九江)司马,游庐山大林寺,即景吟成的一首记游诗。

大林寺桃花

（唐）白居易

人间四月芳菲(泛指花)尽(凋谢)，
山寺(大林寺)桃花始(刚)盛开。
长恨(怅惜)春归无觅处(无处寻觅)，
不知转入此中(深山古寺中)来。

大林寺:相传为晋代僧人昙诜(tán shēn)创建,为中国佛教圣地之一,位于庐山香炉峰顶。1961年,因修建水利,大林寺遭淹没,消失在历史长河中。

问刘十九

（唐）白居易

绿蚁新醅酒，

红泥小火炉。

晚来天欲雪，

能饮一杯无？

这是一首请人来喝酒的邀酒诗。此诗应是作者江州（今江西九江）司马任内所作。光品诗，都能品出酒味。可以想像刘十九踏着寒意、冲着"能饮一杯无?"之邀而来，屋外寒气似夹杂着暮雪，屋内两人围着用红泥筑成的火炉烫酒、喝酒，推杯换盏，围炉夜话。人生真是一知己，一壶酒，一句懂你的"能饮一杯无?"足矣!

问刘十九（诗人的朋友）①

（唐）白居易

绿蚁新醅酒（新酿未过滤的酒），
红泥小火炉。
晚来天欲雪，
能饮一杯无?

酒是新酿的，还浮着绿色的泡沫。
红泥小火炉已烧得暖人心扉。
晚来寒气逼人，看来老天爷马上要下雪喽!
你要不要过来喝一杯?

绿蚁：没过滤的酒上有酒渣浮现，呈微绿色，细小如蚁，故称"绿蚁"。

① 原诗取自《全唐诗》（增订本）（全十五册）卷七4916页，中华书局1999年版。

忆江南词三首(其一)

(唐)白居易

江南好，风景旧曾谙；

日出江花红胜火，

春来江水绿如蓝。

能不忆江南？

赏析

　　白居易出生在北方，担任过杭州刺史、苏州刺史。这三首词应于开成二年（837年），作者因病回到洛阳后所作。苏杭美丽的景色给他留下深刻的记忆，所以起首一句开门见山"江南好"！

　　"忆江南"，词牌名，本唐教坊曲名，白居易在题下自注说："此曲亦名'谢秋娘'，每首五句。"本词被后人改名为《江南好》。《忆江南》是作者三首组词，第一首为其代表作之一。

忆江南词三首

（唐）白居易

其一

江南好，风景旧曾谙（熟悉）；
日出江花（江边的鲜花）红胜火，
春来江水绿如蓝（蓝草）。
能不忆江南？

其二

江南忆，最忆是杭州；
山寺月中寻桂子，
郡亭枕上看潮头。
何日更重游？

其三

江南忆，其次忆吴宫；
吴酒一杯春竹叶，
吴娃双舞醉芙蓉。
早晚复相逢？

　　蓝草：古代叫法，一般统称蓝靛（diàn），其叶可制取靛青（蓝）染料，蓝草的根即为中药板蓝根。

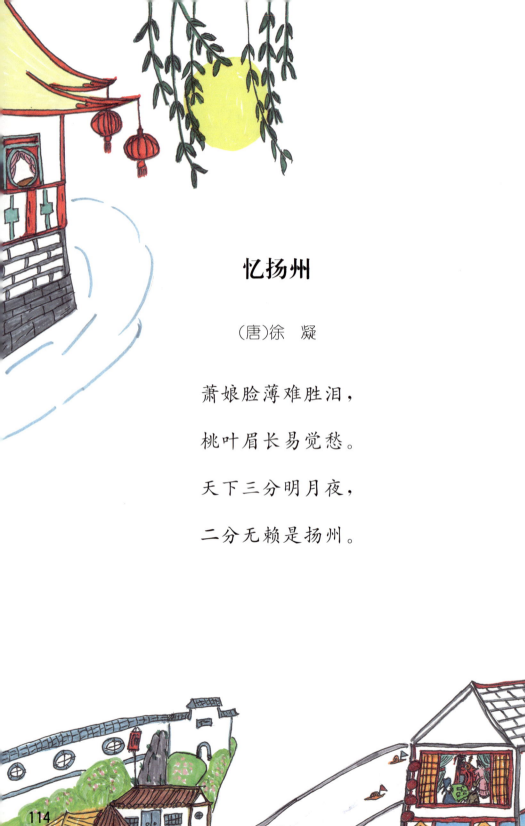

忆扬州

（唐）徐　凝

萧娘脸薄难胜泪，

桃叶眉长易觉愁。

天下三分明月夜，

二分无赖是扬州。

114

赏析

　　徐凝(níng)，生卒年不详。唐代大臣、诗人。睦(mù)州(今浙江建德)人。作者工诗善书，作品活跃于唐宪宗元和年间(806—820年)。

　　此诗实为怀人诗作。"忆扬州"，最忆的其实是在扬州城内令自己念念不忘的"萧娘""桃叶"们。唉！相思情长，诗人长吁短叹，抬头看到恼人的明月夜，竟怪是"月色无赖"，令自己的思念"剪不断，理还乱"！

忆扬州①

(唐)徐　凝

　　萧娘(诗人思念的女子)脸薄难胜(承受)泪，
　　桃叶(诗人思念的女子)眉长易觉愁。
　　天下三分明月夜，
　　二分无赖(恼人、可爱、无奈)是扬州。

　　萧娘：南北朝期间，诗词中娇美的女子被称为"萧娘"，英俊的男子被称为"萧郎"，后泛指长相俊美的女子和男子。

　　桃叶：晋代王献之的妾名桃叶，泛指诗人所恋的女子。

──────────

　　① 原诗取自《全唐诗》(增订本)(全十五册)卷七5410页，中华书局1999年版。

悯农二首(其二)
mǐn

（唐）李　绅

锄禾日当午，

汗滴禾下土。

谁知盘中餐，

粒粒皆辛苦。

116

赏析

李绅(772—846),字公垂。唐代大臣、诗人。亳州谯县古城人(今安徽省亳州市谯城区古城镇)人,元和元年(806年)进士及第,让其补国子监的助教,作者不乐意干,辄(zhé)去(就走了)。唐武宗时拜相。因为人短小精悍,时号"短李"。为中唐新乐府运动的倡导者和参与者,与李德裕、元稹(zhěn)被誉为"三俊"。代表作《悯农》诗两首,全诗通俗易懂,用语朴素浅白。

悯农二首(又名"古凤二首")①

(唐)李 绅

其一

春种一粒粟,
秋收(成)万颗子。
四海无闲田,
农夫犹饿死。

其二

锄禾日当午(中午),
汗滴禾下土。
谁知盘中餐,
粒粒皆辛苦。

---

① 原诗取自《全唐诗》(增订本)(全十五册)卷八5530页,中华书局1999年版。

江 雪

（唐）柳宗元

千山鸟飞绝，
万径人踪灭。
孤舟蓑笠翁，
独钓寒江雪。

　　柳宗元(773—819),字子厚。唐代大臣、著名的散文家、诗人。河东(今山西运城)人,故人称"柳河东"。贞元九年(793年)进士及第。他的文章为人耳熟能详:《捕蛇者说》《小石潭记》《黔之驴》《种树郭橐(tuó)驼传》等全是我们中学时代必背的课文。为"唐宋八大家"之一。其因参加以王叔文为首的永贞变法被流放。

　　此首大约就作于作者被贬到永州(今湖南永州)司马任内。做了十年的永州司马,永州地处蛮荒,作者寄居龙兴寺,虽名为永州司马,却在地方官监视下度日。虽然作者在政治上变革失败,精神上抑郁苦闷,心寂寞,境界亦寂寞,但此诗依旧留给我们后人一个士可贬不可屈服的背影。为其代表作之一。诗人后在柳州刺史任上去世,后世又称其"柳柳州"。

江　雪

(唐)柳宗元

千山鸟飞绝(消失),
万径(虚指,指千万条路)人踪(脚印)灭。
孤舟蓑笠(用草编成的蓑衣和用竹篾编成的笠帽)翁,
独钓寒江雪。

菊　花

（唐）元　稹

秋丛绕舍似陶家，

遍绕篱边日渐斜。

不是花中偏爱菊，

此花开尽更无花。

　　元稹(779—831),字微之。唐代大臣、诗人。河南河内(今河南洛阳)人,贞元九年(793 年)明经及第,长庆二年(822 年)春拜相。

　　这是一首普通咏菊题材的诗,但诗中最后两句别出新意,写出爱菊的原因竟然是菊花谢了,便无花可欣赏! 菊花之后不是还有梅花? 但诗人对菊花这珍爱之情却为后人津津乐道。

菊　花

(唐)元　稹

秋(秋菊)丛绕舍(屋)似陶家(陶渊明的家),
遍绕篱边(环绕一遍篱笆观赏菊花)日渐斜(落山)。
不是花中偏爱菊,
此花开尽(完)更(再)无花。

寻隐者不遇

（唐）贾　岛

松下问童子，

言师采药去。

只在此山中，

云深不知处。

贾岛(779—843),字浪(一作阆[làng])仙,自号"碣(jié)石山人"。唐代诗人。幽州范阳(今河北涿[zhuō]县)人。初为浮屠(和尚),法号无本,为韩愈赏识,后还俗。累举进士不第,"苦吟"出名。与孟郊齐名,后世有"郊寒岛瘦"之称(苏轼《祭柳子玉文》)。

本诗作者采用问答的形式,把诗人访友不遇那"一时希望一时失落",此起彼伏的心情写得活灵活现!整诗遣词造句都十分讲究,可见作者"苦吟"并非虚名!

寻隐者(隐居山林的人)不遇(没有遇见)

(唐)贾 岛

松下问童子,
言师采药去。
只在此山中,
云深不知处。

诗人在松树下看到童子,
心中充满希望地问:"你师父呢?"
童子的回答却令人失望:"采药去了。"
童子指着山又说"只在此山中!"
啊,让诗人失望中又见到希望啦。
童子却打破希望地来了句:"云深不知处。"
顿时又令诗人陷入怅然无奈之中!

江南春

（唐）杜　牧

千里莺啼绿映红，

水村山郭酒旗风。

南朝四百八十寺，

多少楼台烟雨中。

杜牧(803—852),字牧之,号樊川。唐代大臣、诗人。京兆万年(今陕西西安)人。大和二年(828年)进士及第,又被举荐贤良方正。为人刚直,有奇节。精通兵法,有政治才能,但一生不得志。人称"小杜",有别杜甫,《阿房宫赋》这篇高中必背长文就出自年轻小杜之手。

这是一首素负盛誉的写景诗。此诗将江南千里的春景一一在望。东晋以后隋代以前的宋、齐、梁、陈四个朝代都建都于建康(今江苏南京),史称南朝(自公元420年起至589年止)。在南朝佛教非常盛行,而今被烟雨包围的寺庙,在江南暮春三月,使人产生深邃的历史画面感。烟雨江南、佛寺楼台,这是多么令人心旌(jīng)摇荡的江南春景啊!

江南春 (又名"江南春绝句")①

(唐)杜 牧

千里莺啼绿映红(绿树红花相互掩映),
水村山郭酒旗风(依山傍水的村庄和山城,迎风招展的酒旗)。
南朝四百八十寺(形容寺庙很多),
多少楼台(寺庙)烟雨中。

---

① 原诗取自《全唐诗》(增订本)(全十五册)卷八6009页,中华书局1999年版。

寄扬州韩绰判官

(唐)杜 牧

青山隐隐水迢迢，
tiáo

秋尽江南草未凋。
diāo

二十四桥明月夜，

玉人何处教吹箫。

126

韩绰此人无从考证。大和七年到大和九年(833—835 年),杜牧曾担任扬州淮南节度使牛僧孺的掌书记。这首诗应该为作者离开扬州后所作,并寄给仍在扬州任职的韩绰,看得出两人友情甚好。作者现存诗中有两首赠给韩绰的诗,另一首为《哭韩绰》。

本诗为寄赠诗,且就最后一句的"教"字来看,玉人可以借指韩绰,作者寄信给好友,借"玉人何处教吹箫"调侃韩绰:"你每夜在哪里教美人吹箫呢?"可见文人间书信问候充满了只可意会的情趣。

寄扬州韩绰判官①

(唐)杜 牧

青山隐隐水迢迢(遥遥,遥远),
秋尽江南草未(木)凋(凋谢)。
二十四桥明月夜,
玉人(可指美丽的女子,也可指风流的才俊,泛指貌美之人)何处教吹箫。

江南:因南北朝时,南朝与北朝隔江对峙,因称南朝及其统治下的地区为江南,扬州地属南朝,故称"江南"。

二十四桥:又名"红药桥"。一为扬州城里原来的二十四座桥;一为吴家砖桥,因古时有二十四位美人于桥上吹箫而得名。

———————————

① 原诗取自《全唐诗》(增订本)(全十五册)卷八 6028 页,中华书局 1999 年版。

清　明

（唐）杜　牧

清明时节雨纷纷，

路上行人欲断魂。

借问酒家何处有？

牧童遥指杏花村。

这是作者广为传诵的诗篇。诗中描绘诗人在清明节那日的细雨纷纷中奔波劳顿,寻找酒家的情形。

在古代,清明节是个有鲜明色彩的传统节日,而小杜却在这种"路上行人欲断魂"的日子,出门在外,孤身赶路。这等节日,如此天气,小杜就想借酒消愁,暖暖被雨淋湿的春衫,驱散心头的凄迷和愁绪。顺着牧童小哥手指的方向看到遥远的"杏帘在望"!那心情,有余不尽,回味无穷!

清　明①

(唐)杜　牧

清明时节雨纷纷,
路上行人欲断魂。
借问(询问)酒家何处有?
牧童遥指杏花村。

清明:农历二十四节气之一,公历 4 月 4、5、6 日。我国有清明节踏青郊游,祭扫祖坟的习俗。

---

① 此诗有争议,故《全唐诗》未查到原诗。

赠别二首(其一)

(唐)杜 牧

娉娉袅袅十三余，
pīng niǎo

豆蔻梢头二月初。
kòu

春风十里扬州路，

卷上珠帘总不如。

这首诗是作者要离开扬州被调回长安时,给一位相好的妙龄歌妓所写的赠别诗。全诗无一人称,却呈现出一个年"十三余"红衣翠袖的歌女形象。

赠别二首

（唐）杜　牧

其一

娉娉袅袅十三余，
豆蔻梢头二月初。
春风十里扬州路，
卷上珠帘总不如。

十三岁的女孩，
就像二月初含苞欲放，初现梢头的豆蔻花。
繁华扬州路，十里春风，美人如玉，
花枝招展的红粉佳丽，
卷起珠帘一看，
总不如你漂亮啊！

其二

多情却似总无情，
唯觉樽前笑不成。
蜡烛有心还惜别，
替人垂泪到天明。

豆蔻:产于南方,多年生草本植物,外形像芭蕉,叶子细长,花淡黄色,有香气。穗头深红,叶渐展开时,花就渐绽放,颜色稍淡。南方人常用豆蔻来比作处子,故豆蔻年华代指女子十三四岁的年纪。

锦 瑟 ^{sè}

（唐）李商隐

锦瑟无端五十弦，

一弦一柱思华年。

庄生晓梦迷蝴蝶，

望帝春心托杜鹃。

沧海月明珠有泪，

蓝田日暖玉生烟。

此情可待成追忆，

只是当时已惘然。

李商隐（813—858），字义山，号玉谿(xī)生。唐代大臣、诗人。怀州河内（今河南沁[qìn]阳）人。开成二年（837年）进士及第。因牛李党争影响，坎坷终身。年(móu)愿相《小澥(xiè)草堂杂论诗》曾评论诗人云："欲取一人备晚唐之数，定在此君。"

此诗以首句二字为题，实为隐题的"无题"诗。关于作者的诗历来猜测颇多，尤其此首，隐晦迷离，莫衷一是。此诗是作者代表作之一，也是最道不明、言不清的一首诗。据说诗中有生离死别之痛！读者是否意会？

锦　瑟

（唐）李商隐

锦瑟无端五十弦，
一弦一柱思华年。
庄生晓梦迷蝴蝶，
望帝春心托杜鹃。
沧海月明珠有泪，
蓝田日暖玉生烟。
此情可待成追忆，
只是当时已惘然。

锦瑟，你无端端哪来那么多的弦啊！
一音一节，让我思想起年少时代。
庄周梦见自己化为蝴蝶，
望帝杜宇将春心托给了杜鹃。
月落沧海，犹如明珠有泪，
蓝田日暖，良玉生烟，
年华恍惚啊，可望不可把握。
这种情怀岂能等到今朝追忆，
在当时我就已经怅然若失了！

瑟：古代的一种弦乐，原为五十条弦，因《史记·封禅书》记，"太帝使素女鼓五十弦瑟，悲，帝禁不住，故破其瑟为二十五弦"，后改为十七弦或二十五弦。

蓝田：陕西蓝田东南的山，著名产玉之地。

小儿垂钓
chuí

（唐）胡令能

蓬 头 稚 子 学 垂 纶，
péng zhì lún

侧 坐 莓 苔 草 映 身。
cè tái

路 人 借 问 遥 招 手，

怕 得 鱼 惊 不 应 人。

胡令能,生卒年不详。唐代诗人。圃田(今河南郑州)人。早年家贫,从事手工劳作,以磨镜修补锅碗盆缸为营生,人称"胡钉铰(jiǎo)"。唐代诗词中,写儿童的内容不多,诗人用短短四句话,把一个天真烂漫的小孩钓鱼场景刻画得入木三分,难能可贵!

小儿垂钓

(唐)胡令能

蓬头稚子(小孩)学垂纶(钓鱼;纶:钓鱼用的丝线),
侧坐莓苔(苔藓类植物)草映身。
路人借问(询问)遥(远远地)招手,
怕得鱼惊不应(理睬)人。

不第后赋菊

（唐）黄巢

待到秋来九月八，

我花开后百花杀。

冲天香阵透长安，

满城尽带黄金甲。

黄巢(820—884),盐贩出身,曹州冤句(今山东曹县)人。举进士不第。乾符二年(875年)领导农民起义造反,广明元年(880年)攻入长安,即帝位,年号"金统",次年兵败自杀。

这是一首以花言志杀气腾腾的诗,后两句是作者对义军占领长安后的想象,"满城尽带黄金甲",满城都是我们农民起义军的黄色战袍吧!此句一语双关。唐末诗人林宽在《歌风台》云:"莫言马上得天下,自古英雄皆(尽)解诗。"作者应该就是其中的一个英雄吧。

重阳节是九月九日,有赏菊的习俗,此处为了押韵故为九月八日。

不第后赋菊^①

（唐）黄　巢

待到秋来九月八,	等到九月重阳节,
我花开后百花杀。	菊花开时百花谢。
冲天香阵透长安,	花香冲天遍长安,
满城尽带黄金甲。	全城开满金菊花。

---

① 原诗取自《全唐诗》(增订本)(全十五册)卷十一8466页,中华书局1999年版。

山花子·菡 萏香销翠叶残

^{hàn dàn}

(五代)李 璟

菡萏香销翠叶残,西风愁起绿波间。还与
^{sháo} ^{qiáo cuì} ^{kān}
韶 光共憔 悴,不堪看。

^{sài} ^{chè shēng}
细雨梦回鸡塞远,小楼吹彻玉 笙 寒。多
^{yǐ lán}
少泪珠何限恨,倚 阑干。

138

李璟(916—961),本名景通,字伯玉。徐州(今江苏徐州)人。五代十国时南唐皇帝,交泰元年(958年),兵败于后周,遂奉后周为正朔,去帝号,称国主。史称南唐中主。南唐后主李煜(yù)之父。李璟虽不是个敬业的皇帝,但风度高秀,好读书,多才多艺,善诗词,文艺修养较高。此词应是怀人之曲。"小楼吹彻玉笙寒"是流芳千古的名句,亦是他的得意之作。

山花子①·菡萏香销翠叶残

(五代)李 璟

菡萏香销翠叶残,　　　　　　　荷花香气渐消,荷叶凋落,
西风愁起绿波间。　　　　　　　秋风吹漾着一池绿波,使人愁。
还与韶(容)光共憔悴,　　　　　良辰美景与美好的人生年华共憔悴。
不堪看。　　　　　　　　　　　不忍回首。
细雨梦回鸡塞远,　　　　　　　斜风细雨梦回鸡鹿边塞,
小楼吹彻玉笙寒。　　　　　　　玉笙的最后一曲在小楼脉脉回荡,
多少泪珠何限恨,　　　　　　　倚着栏杆,
倚阑干。　　　　　　　　　　　想起那如风往事,
　　　　　　　　　　　　　　　无穷怨恨无尽泪!

---

① 原诗取自《全唐五代词》,曾昭岷等编撰,中华书局1999年版。

虞美人·春花秋月何时了

（五代）李 煜

春花秋月何时了。往事知多少？小楼昨夜又东风,故国不堪回首月明中。

雕阑玉砌应犹在,只是朱颜改。问君能有几多愁？恰似一江春水向东流。

李煜(937—978),初名从嘉,字重光。南唐后主,被誉为"千古词帝"。作者生于帝王之家,诸多史学家认为做皇帝这份职业,他是不称职的、是懦弱无能的;但在文学界做文学家、艺术家,他无疑是成功的！作者961—975年在位,国破降宋,被宋太宗用牵机药毒死。

词人一生敏思谨慎,待人接物宽厚,因本性中的轻信、优柔寡断,南唐江山最终断送在他手中。这是一首绝命词,作于太平兴国三年(978年)前夕。随着此词的传诵,他的命运也注定终结,就算他沦为亡国之君,寄人篱下,受尽欺辱,仍想苟活于世,但宋太祖"卧榻之侧,岂容他人鼾睡",终令他走得仓促。

虞美人①_(词牌名)·春花秋月何时了

(五代)李 煜

春花秋月何时了。
往事知多少?
小楼昨夜又东风,
故国不堪回首月明中。
雕阑玉砌应犹(依然)在,
只是朱颜改。
问君能(都)有几多愁?
恰似一江春水向东流。

这春花秋月的时光何时完结?
往事知多少。
昨夜小楼又吹来东方的风,
望着明月,故国不堪回首。
金陵的宫殿,精雕细刻的栏杆
台阶应该还在,
问君能有几多愁?
恰似一江春水向东流。

---

① 原诗取自《全唐五代词》上册741页,曾昭岷等编撰,中华书局1999年版。

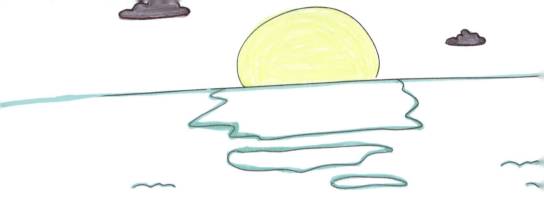

雨霖铃·寒蝉凄切

（宋）柳　永

寒蝉凄切，对长亭晚，骤雨初歇。都门帐饮无绪，留恋处，兰舟催发。执手相看泪眼，竟无语凝噎。念去去，千里烟波，暮霭沉沉楚天阔。

多情自古伤离别，更那堪，冷落清秋节。今宵酒醒何处？杨柳岸，晓风残月。此去经年，应是良辰好景虚设。便纵有千种风情，更与何人说？

柳永(987—1060),原名三变,字耆(qí)卿,排行第七,故称"柳七"。北宋婉约派代表词人。崇安(今福建武夷山)人。景佑元年(1034年)进士及第,虽仕途失意,但当时作者的词已红极一时。《避暑录话》卷三云:"凡有井水饮处,即能歌柳词。"

据说词人在《鹤冲天》写"忍把浮名,换了浅斟低唱"。宋仁宗看后,曰:"且去浅斟低唱,何要浮名?"作者无奈之下,自号"奉旨填词"。

此词乃词人的代表作之一,道尽难分难舍的凄惨别绪。

雨霖铃·寒蝉凄切

（宋）柳　永

寒蝉凄切,	秋蝉叫得凄切,
对长亭晚,	傍晚长亭相对无语,
骤雨初歇。	骤雨刚停。
都门帐饮无绪,	汴京郊外送行真是无绪。
留恋处,	难舍难分,
兰舟催发。	兰舟却催着出发。
执手相看泪眼,	执手泪眼相望,
竟无语凝噎。	竟无语凝噎。
念去去,	念这次远去,
千里烟波,	回首千里烟波,
暮霭沉沉楚天阔。	江南楚地的天空暮霭沉沉。
多情自古伤离别,	多情自古伤离别。
更那堪,	更那堪,
冷落清秋节。	在这种冷落的节气里!
今宵酒醒何处?	今夜酒醒何处?
杨柳岸,	杨柳岸,
晓风残月。	晓风残月!
此去经年,	这一去,长年相别,
应是良辰好景虚设。	良辰好景,若无你的陪伴,
便纵有千种风情,	便纵有千种风情,
更与何人说?	更与何人说呢?

浣溪沙·一曲新词酒一杯

huàn

（宋）晏　殊

一曲新词酒一杯，

去年天气旧亭台。

夕阳西下几时回？

无可奈何花落去，

似曾相识燕归来。

小园香径独徘徊。

晏殊(991—1055),字同叔。宋代词人、政治家。临川(今江西抚州)人。七岁会写文章,14岁应召试,获宋神宗赏识,赐同进士出身。其为人坦荡,仕途顺利,后拜宰相,故有"宰相词人"之称。作者的词是"我手写我心!"想什么写什么,写的是自己的真性情,甚是难得。

浣溪沙是唐教坊曲名。作者另有诗《假中示判官张寺丞王校勘(kān)》诗云:"无可奈何花落去,似曾相识燕归来。游梁赋客多风味,莫惜青钱万选才。"可见"无可奈何花落去,似曾相识燕归来"是作者的得意之句,只是先有诗,还是先有词,不得而知。

浣溪沙

(宋)晏　殊

一曲新词酒一杯,　　　　　　填一曲新词,饮一杯酒,
去年天气旧亭台。　　　　　　依旧是暮春时节的天气,依旧是旧时的亭台楼榭。
夕阳西下几时回?　　　　　　夕阳西下几时回?

无可奈何花落去,　　　　　　无可奈何花落去,
似曾相识燕归来。　　　　　　似曾相识燕归来。
小园香径(花草芳香的小径)独徘徊。　　飘着花香的小路上,我悠闲地来回踱步。

梅　花

（宋）王安石

墙角数枝梅，
líng
凌寒独自开。

遥知不是雪，

为有暗香来。

146

王安石(1021—1086),字介甫,号半山。北宋诗人、文学家、政治家,唐宋八大家之一。抚州临川(今江西抚州)人。庆历二年(1042年)进士及第,宋神宗时两度拜相。曾封荆国公,世称"王荆公",著有《临川先生文集》(又名《临川集》)。

这是一首咏物诗。花中四君子的"梅花",穿越千年的凌寒,以"香中别有韵,清极不知寒"的精神,依旧抚慰今人的心灵。

梅　花

(宋)王安石

墙角数枝(几枝)梅,
凌寒(冒着严寒)独自开。
遥(远望)知不是雪,
为(因为)有暗香(幽香)来。

元 日

（宋）王安石

爆竹声中一岁除，
春风送暖入屠苏。
千门万户曈曈日，
总把新桃换旧符。

148

　　此诗描写了宋代人过春节的热闹场面,燃放爆竹、饮屠苏酒、换桃符等,诗中展现了一幅宋代民间风俗画卷。

　　此诗写在作者刚拜为相,正在大刀阔斧地推行新法。全诗字里行间都透着他的乐观情绪,以及对改革成功的渴望。当然,现代人们更乐意当作万象更新、新年新气象的社会风情来欣赏此诗。

元　日

(宋)王安石

爆竹声中一岁除,
春风送暖入屠苏。
千门万户瞳瞳(太阳初升时光亮的样子)日,
总把新桃(桃符)换旧符(桃符)。

　　元日:农历正月初一。

　　屠苏酒:一种用屠苏草浸泡的药酒,根据古代习俗,大年初一全家要合饮屠酒贺新年,因为古人相信饮此酒可以驱邪避瘟,以求长寿。

　　桃符:用桃木制成,古代春节风俗中,一般人家用桃木板写上两个门神的名字或绘成神像,分挂在大门左右驱鬼、镇邪、求福、避祸,一年一换,后演变为春联。

bó
泊船瓜洲

(宋)王安石

京口瓜洲一水间，
钟山只隔数 重 山。

春风又绿江南岸，
明月何时照我还？

此诗是在宋神宗熙宁八年(1075)初,作者受命第二次入京担任宰相,从京口渡江到瓜洲,停船瓜洲时所写。

此诗既有再度被重用拜相的愉悦,又流露出对家乡江宁的依依不舍之情。这首诗最令人津津乐道的是"春风又绿江南岸"的"绿"字,据说作者先后用"到""过""入""满"等十多个字,最后才决定用"绿",使诗生色不少。

泊船瓜洲

(宋)王安石

京口瓜洲一水间,
钟山只隔数重(几座)山。
春风又绿(吹绿)江南岸,
明月何时照我还?

瓜洲:今江苏扬州市邗(hán)江区南面,位于长江北岸。
京口:今江苏省镇江市,位于长江的南岸。与瓜洲隔江相对,京口与瓜洲分别在长江两岸。
钟山是江宁名山,即现在南京紫金山。

饮湖上初晴后雨二首(其二)

(宋)苏 轼
shì

水光潋
liàn yàn
滟晴方好，

山色空蒙雨亦奇。

欲把西湖比西子，
mǒ
淡妆浓抹总相宜。

苏轼(1037—1101),字子瞻(zhān),号东坡居士。北宋文学家、豪放派代表词人。眉州眉山(今四川眉山)人。嘉祐二年(1057年)进士及第,与其父苏洵(xún)、其弟苏辙(zhé)同列"唐宋八大家"。诗人才华横溢,以诗为词,对后世产生深远影响。

作者在杭州做官时,陶醉于江南风光,写了大量山水诗,此为后人传颂的一首名诗,宋神宗熙宁六年(1073年)诗人在杭州通判任上所作。从题目中可以看出,诗人在西湖船上饮酒游览,天气先晴后雨。但在晴雨交替的景色中,西湖都如绝代佳人西施那般美妙动人。西湖也因此诗得"西子湖"的美称。

饮湖上(在西湖的船上饮酒)初晴后雨二首(其二)

(宋)苏 轼

水光潋滟(水波荡漾的样子)晴方(正)好,
山色空蒙(濛)(雾气弥漫)雨亦(也)奇(奇妙)。
欲把西湖比西子,
淡妆浓抹总相宜(合适)。

其一

朝曦迎客艳重冈,
晚雨留人入醉乡。
此意自佳君不会,
一盂([bēi]同"杯")当属水仙王。(湖上有水仙王庙)

西子:西施,中国古代四大美女之一,是春秋时越国有"沉鱼"之称的美女。四大美女的另外三位是"落雁"之称的王昭君,"闭月"之称的貂蝉,"羞花"之称的杨玉环。

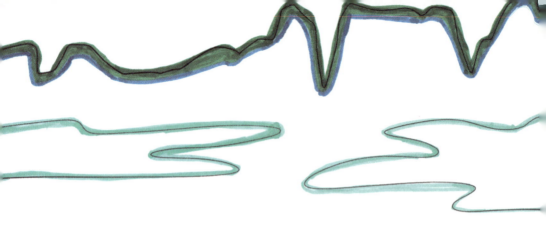

题西林壁

（宋）苏 轼

横看成岭侧成峰，

远近高低各不同。

不识庐山真面目，

只缘 身在此山中。

yuán

此诗是作者元丰七年(1084 年)夏初由黄州(今湖北黄冈)贬赴汝州(今河南临汝)任团练副使时,途经九江,与友人同游庐山十多天,挥毫写下十多首有关庐山的记游诗,此篇据说是游庐山后的总结诗。

题(书写)西林壁

(宋)苏 轼

横看(从正面看)成岭侧成峰,
远近高低各不同。
不识(知道)庐山真面目,
只缘(因为)身在此山中。

西林壁:在西林寺(西琳寺)内,寺院坐落在江西庐山西麓。西林寺与东林寺依庐山而立,相距百丈,各有千秋。

惠崇 春江晚景二首(其一)
chóng

（宋）苏 轼

竹外桃花三两枝，

春江水暖鸭先知。

蒌 蒿满地芦芽短，
lóu hāo

正是河豚欲上时。
tún

　　惠崇是北宋名僧（sēng），诗人的朋友，能诗善画。尤其喜画鸭、鹅、雁等禽鸟。这首诗是作者为惠崇的画作《春江晚景》所写的题画诗，又作"惠崇春江晓景"。惠崇画作有两幅，这首诗是作者题"鸭戏图"。另一幅是"飞雁图"。因为作者懂画，所以他能传神地写出惠崇这幅图的画题。此诗名句"春江水暖鸭先知"，令人拍案叫绝。

惠崇春江晚景二首(其一)

(宋)苏　轼

竹外桃花三两枝，
春江水暖鸭先知。
蒌蒿满地芦芽(芦苇的嫩芽)短，
正是河豚欲上(逆江而上)时。

　　蒌蒿：一种生长在河滩的多年生草本植物。春天开淡黄色小花，它的茎刚抽芽时，柔软香脆，可以吃。

　　河豚：一种鱼类。学名"鲀（tún）"，生活在海里，是一种味道极鲜美，但血液和内脏有剧毒的鱼，经特殊加工处理后方可食用。

水调歌头·明月几时有

（宋）苏 轼

明月几时有？把酒问青天。不知天上宫
阙，今夕是何年？我欲乘风归去，又恐琼楼玉
宇，高处不胜寒。起舞弄清影，何似在人间！

转朱阁，低绮户，照无眠。不应有恨，何事
长 向别时圆？人有悲欢离合，月有阴晴圆缺，
此事古难全。但愿人长久，千里共婵娟。

据《词谱》卷二十三："《水调》,乃唐人大曲,凡大曲有歌头,此必裁截其歌头,另倚新声也。"歌头,又曲之始音。

这是一首广为流传的中秋怀人词。此词作于宋神宗熙宁九年(1076 年)八月十五日,是作者在密州(今山东诸城)太守任内所作。作者边赏月边怀念自己的弟弟苏辙(字子由)。

宋胡仔《苕溪渔隐丛话》后集卷三十九:"中秋词,自东坡《水调歌头》一出,余词俱废。"

水调歌头·明月几时有

（宋）苏 轼

明月几时有?	天上明月是几时产生的?
把酒问青天。	我端起酒杯问苍天。
不知天上宫阙,	不知天上宫殿,
今夕是何年?	今夜又是何年?
我欲乘风归去,	我想乘风归去,
又(惟)恐琼楼玉宇,	但在美玉砌成的仙宫,
高处不胜寒。	恐怕我也难以禁受高处的寒冷。
起舞弄清影,	还是在这月光下舞动身影吧,
何似在人间?	月宫哪里比得上在人间起舞弄影之乐呢!
转朱阁,	明月从朱红色的楼阁转过来,
低绮户,	低低挂在雕花的门窗上,
照无眠。	照着无眠的我。
不应有恨,	明月不应该有什么遗憾吧,
何事长向别时圆?	但为什么偏偏常在离别时才圆呢?
人有悲欢离合,	人有悲欢离合,
月有阴晴圆缺,	月有阴晴圆缺,
此事古难全。	自古就没有十全十美的事。
但愿人长久,	但愿人们都能平安健康长寿,
千里共婵娟。	彼此就算远隔千里不能团圆,
	但可以一起欣赏这轮明月。

如梦令·昨夜雨疏风骤

（宋）李清照

昨夜雨疏风骤^{zhòu}，

浓睡不消残酒。

试问卷帘人，

却道海棠依旧。

知否，知否？

应是绿肥红瘦！

李清照(1084—1155),自号易安居士。宋代女词人。齐州章丘(今山东)人。有"千古第一才女"之称。词人生于官宦之家,受过良好的教育。其早期作品婉约清新,后因党争丧父、战乱丧夫,生活流离颠沛,后半生的词多体现凄凉孤苦。

这是一首伤春词,是作者早期作品,此诗应作于元符三年(1100 年)前后,表达作者惜花之心,此词一出,便轰动汴京,天下称之。《尧山堂外纪》卷五十四,云"当时文士莫不击节称赏,未有能道之者"。

如梦令·昨夜雨疏风骤

(宋)李清照

昨夜雨疏风骤,	昨夜狂风忽来,雨却稀疏。
浓睡不消残酒。	酣睡醒来,仍未消掉昨夜的宿醉。
试问卷帘人,	便问卷帘侍女:"海棠花怎样啦?"
却道海棠依旧。	侍女漫不经心回答:"还是那样吧。"
知否,知否?	知道吗? 你知道吗?
应是绿肥红瘦!	应该是绿叶繁茂,红花稀落才是!

游园不值

（宋）叶绍翁

应怜屐齿印苍苔，

小扣柴扉久不开。

春色满园关不住，

一枝红杏出墙来。

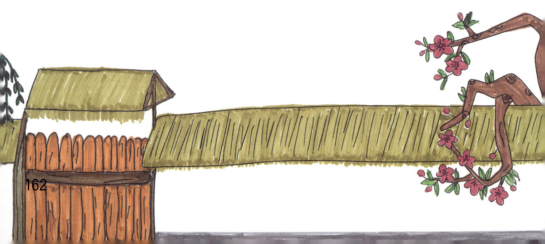

叶绍翁(1194—1269),字嗣(sì)宗。南宋诗人。祖籍建安(今福建建瓯[ōu]),后过继龙泉(今浙江龙泉)叶氏。作者活跃于南宋宁宗、理宗时期,南宋"江湖诗派"诗人之一。

这首诗写作者去游园,恰好主人不在,游园的目没有达到,诗人却吟出这首千古传诵的绝妙好诗。前两句写诗人的推测:园主人是怕我的木屐踩坏了园中的青苔,所以敲了许久柴门也不肯开吧! 后两句一个转折,柴门不开,没关系,我今天还是看到了那关不住的满园春色!

游园不值(没有遇到)

(宋)叶绍翁

应(大概)怜(怜惜)屐齿(木屐的印痕)印苍苔,
小扣(叩)(轻轻地敲)柴扉(柴门)久不开。
春色满园关不住,
一枝红杏出墙来。

十一月四日风雨大作二首(其二)

(宋)陆 游

僵卧孤村不自哀，

尚思为国戍轮台。

夜阑卧听风吹雨，

铁马冰河入梦来。

　　陆游（1125—1210），字务观，号放翁。南宋大臣、诗人。越州山阴（今浙江绍兴）人。自幼好学不倦，宋高宗绍兴二十三年（1153 年）省试第一，后因故被秦桧除名，宋孝宗继位，赐进士出身。

　　这首诗于绍熙三年（1192 年）11 月，作者退居山阴时所作。虽已年迈，但作者那"天下兴亡，匹夫有责"的爱国之心未减，在一个风雨交加的夜梦中，以金戈铁马、气吞万里如虎的气势，驰骋沙场，实现了报效国家的愿望。这也是作者的现实主义精神所在，逃避现实做不到，安于现状又不甘心的心情。

　　作者《示子遹（yù）》中正面提出作诗方面的看法："汝果欲学诗，工夫在诗外。"

十一月四日风雨大作二首(其二)

（宋）陆　游

僵卧孤村不自哀，
尚思为国戍轮台。
夜阑卧听风吹雨，
铁马冰河入梦来。

我僵卧在孤寂的村庄，
却没有为自己感到一丝悲哀，
因为我心中还挂念着，
要为国家守卫边关。
夜深了，
听着窗外风雨交加的声音。
那披着铁甲的马，
跨过冰封的河流，来到我的梦中。

其一

风卷江湖雨暗村，
四山声作海涛翻。
溪柴火软蛮毡暖，
我与狸奴不出门。

游山西村

(宋)陆 游

莫笑农家腊酒浑，

丰年留客足鸡豚。

山重水复疑无路，

柳暗花明又一村。

箫鼓追随春社近，

衣冠简朴古风存。

从今若许闲乘月，

拄杖无时夜叩门。

　　此诗应作于乾道三年(1167年)初春,作者罢官闲居在家期间前往山西村(浙江绍兴鉴湖附近)"农家乐"一日游。此诗描绘出丰年农村的一片祥和之气,以及农家民风的淳朴和待客的热情。诗中尤以"山重水复疑无路,柳暗花明又一村"之句,令人有峰回路转、别有洞天之感。

游山西村

(宋)陆　游

莫笑农家腊酒(腊月酿的酒)浑,

丰年留客足(足够)鸡豚(小猪)。

山重水复疑无路,

柳暗花明又一村。

箫鼓(吹箫打鼓)追随春社(春社日)近(临近),

衣冠简朴古风存。

从今若许(如果还能)闲乘月(趁大好月色出游),

拄杖无时(随时)夜叩(敲)门。

春社:我国古老的传统民俗节日之一,敬奉土地神,在立春后的第五个戊(wù)日,现在定在农历二月初二。

四时田园杂兴六十首（其三十一）

（宋）范成大

昼出耘田夜绩麻，

村庄儿女各当家。

童孙未解供耕织，

也傍桑阴学种瓜。

　　范成大(1126—1193)，字至能，号石湖居士。南宋大臣、诗人。苏州吴县(今江苏苏州)人。作者与杨万里、尤袤(mào)、陆游合称"中兴四大诗人"。

　　《四时田园杂兴》是作者回家乡养病时所作的一组大型田园诗，共计六十首。描写农村春日、晚春、夏日、秋日、冬日的景色，是宋代农村生活的真实写照。

四时(四季)田园杂兴(各种兴致)六十首(其三十一)

(宋)范成大

　　昼出耘田(锄草)夜绩麻(把麻搓成线)，
　　村庄儿女(男女，代指年轻人)各当家(各司其事)。
　　童孙未解(不懂得)供(从事)耕织，
　　也傍(靠近)桑阴(树阴)学种瓜。

　　"杂兴"：诗人随兴写来，有感而发，是没有固定题材、凡事都可入诗的一种体裁。全诗都以老农的口吻道出当时乡间春耕夏耘、男耕女织的农家乐事。此首为作者田园诗的代表作。

小 池

（宋）杨万里

泉眼无声惜细流，

树阴照水爱晴柔。

小荷才露尖尖角，

早有蜻蜓立上头。

　　杨万里(1127—1206),字廷秀,号诚斋。南宋大臣、诗人。吉州吉水(今江西吉水)人。绍兴二十四年(1154 年)进士及第。与陆游、尤袤(mào)、范成大并称为"中兴四大诗人"。诗的内容以山水风光、自然景色为主,不拘一格。他的好友跟他开玩笑说"处处山川怕见君"。

　　宋光宗曾为他亲书"诚斋"二字,故称其"诚斋先生"。作者的诗,在当时就有影响力,宋代著名文学家姜特立在《谢杨诚斋惠长句》诗中云:"今日诗坛谁是主,诚斋诗律正施行。"

小　池

(宋)杨万里

泉眼(泉水的出口)无声惜(吝惜)细流,
树阴照水爱晴柔(明朗柔和)。
小荷才露尖尖角(还没有展开的荷叶卷曲如犄[jī]角),
早有蜻蜓立上头。

过松源,晨炊漆公店六首(其五)

(宋)杨万里

莫言下岭便无难,

zhuàn
赚 得行人错喜欢。

正入万山围子里,

一山放出一山拦。

此诗应是绍熙三年(1192年)作者外放时,途经松源时所作。作者写下《过松源,晨炊漆公店六首》,这是第五首,写作者山行时的感悟,语言朴实,用了"拟人"手法,写得风趣之极。

余尝静心读诚斋先生的诗集,竟发现关于晨炊的事如此之多:《晨炊白昇([shēng]同"升")山》《晨炊玉田闻莺观鹭》《晨炊光口岩》《晨炊浦村》《晨炊黄宙铺饭后山行》《晨炊皁([zào]同"皂")径》《晨炊泊杨村》《早炊董家店》《早炊高店》……可见吃早餐的重要性,而且早餐若无肉,作者作诗嘲之《晨炊泉水塘村店无肉只卖笋蕨嘲亭父》。

过松源,晨炊漆公店①六首(其五)

(宋)杨万里

莫言下岭便无难, 赚得行人错喜欢。 正(政)入万山围子里, 一山放出一山拦。	请不要说下山就不难, 这句话常常骗得你空喜欢。 当你进入团团包围的万重山时, 一座山,刚把你放过去,另一座 山又拦在眼前。

松源、漆公店:地名,在今江西弋(yì)阳县附近。

---

① 原文取自《杨万里集笺校》卷三五,辛更儒笺校,中华书局2007年版。

春 日

(宋)朱 熹

胜日寻芳泗水滨，

无边光景一时新。

等闲识得东风面，

万紫千红总是春。

174

朱熹(1130—1200),字元晦(huì),号晦庵(ān)。南宋著名的理学家、哲学家。徽州婺(wù)源(今江西婺源)人。作者是宋代理学集大成者,所著儒家经典《四书章句集注》,为明清两代科举考试的必读书,对后世读书人影响深远。

南宋,时泗水沦陷于金国,朱熹怎能去游春呢? 其实这是一首哲理诗。诗中的"泗水"暗喻孔门,"寻芳"暗喻求圣人之道。

春 日

(宋)朱 熹

胜日(晴朗的日子)寻芳(游春)泗水滨(水边),

无边光景一时(一时之间)新(焕新)。

等闲(随便)识得东风(春风)面,

万紫千红总是(都是)春。

泗水:河名,在山东曲阜(fù)一带,孔夫子曾在泗水之滨讲学传道。

观书有感二首(其一)

(宋)朱 熹xī

半亩方塘一鉴jiàn开，
天光云影共徘 徊pái huái 。
问渠qú那得清如许？

为有源头活水来。

186

这是一首哲理诗,借景喻理,写的是作者读书时的感悟。

第一首诗以"半亩池塘像一面打开的镜子"开始引出后三句,阐述作者读书时茅塞顿开、豁然开朗的感悟。

第二首诗更是告诉我们万事要遵循自然规律。读书、做学问也一样,主观上再努力,也不见得一定有收获,还需要具备客观条件,一旦"天时、地利、人和"达成,往往事半功倍,功到自然成。

观书有感二首

(宋)朱　熹

其一

半亩方塘(方形池塘)一鉴(镜子)开(打开),
天光云影共徘徊(蓝天白云的光影倒映在方塘中一起移动)。
问渠(指方塘)那得(怎么会)清如许(如此)?
为有源头活水来(因为有源源不断的活水从源头流来)。

其二

昨夜江边春水生,
艨艟(古代一种体型较大的战船)巨舰一毛轻(像一支羽毛那样轻)。
向来(平时)枉费(白费)推移力,
此日中流(河流之中)自在行(悠闲自在行于水上)。

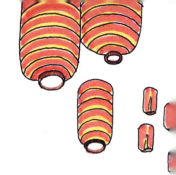

青玉案·元夕

(宋)辛弃疾

东风夜放花千树，更吹落、星如雨。宝马雕
车香满路。凤箫^{xiāo}声动，玉壶光转，一夜鱼龙舞。

蛾^é儿雪柳黄金缕^{lǚ}，笑语盈盈暗香去。众里
寻他千百度，蓦^{mò}然回首，那人却在，灯火阑^{lán}珊处。

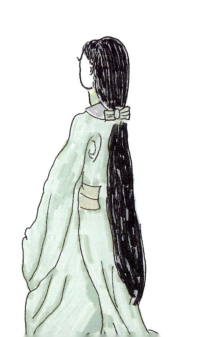

辛弃疾(1140—1207)，字幼安，号稼轩居士。宋代大臣、名将、词人。历城(今山东济南)人。词人出生在沦陷于金国的山东，22 岁参加耿京率领的抗金义军，后归南宋。

《青玉案》是一首描写在上元节载歌载舞、"社火"百戏盛况下的寻人之词。作者在美女如玉、香车满路的上元节街市，寻找自己的意中人。"寻他千百度""一夜鱼龙舞"。正当作者几近绝望之际，蓦然回首，那位佳人站在残灯零落之处，"是她，是她，就是她!"眉间心上，万般千种，回首相遇的刹那，无计相回避吧!

青玉案·元夕(元宵节的晚上)

(宋)辛弃疾

东风夜放花千树，
更吹落、星如雨。
宝马雕车香满路。
凤箫声动，
玉壶(明月或灯)光转，
一夜鱼龙舞(指舞动鱼灯、龙灯之类)。

蛾儿雪柳黄金缕，
笑语盈盈暗香去。
众里寻他千百度，
蓦然(猛然，不经心地)回首，
那人却在，灯火阑珊(零落)处。

春风轻拂，满城的彩灯像千树花开，
更有那烟花像被吹落的阵阵星雨。
骑着宝马的少年，坐着雕车的仕女，满路飘香。
悦耳的凤箫声四处回荡，
明月的光华悄悄地流转，
元宵之夜，鱼龙花灯彻夜不歇地舞动。

戴着精致发簪的美丽女子，
笑语盈盈地缓缓走过，暗香渐渐远去。
我在人群里反复找寻思念的情人，
蓦然回首，
佳人就在灯火稀疏的地方。

蛾儿、雪柳、黄金缕：当时妇女头上所戴之饰物。

西江月·夜行黄沙道中

(宋)辛弃疾

明月别枝惊鹊^{què}，清风半夜鸣蝉。稻花香里说丰年，听取蛙声一片。

七八个星天外，两三点雨山前。旧时茅店社林边，路转溪桥忽见^{xiàn}。

这是一首田园夜行词,乃作者贬官赋闲在江西上饶时所作,为作者在黄沙岭夜行时所见所闻。全词把晚景、晨景、雨景、丰收年景等交融为一个整体,移步换景,令人身临其境。

西江月·夜行黄沙道中

(宋)辛弃疾

明月别枝惊鹊,
清风半夜鸣蝉。
稻花香里说丰年,
听取蛙声一片。
七八个星天外,
两三点雨山前。
旧时茅店社林边,
路转溪桥忽见。

明月光惊起斜枝上的喜鹊,
夜半的清风吹来远处蝉的鸣叫。
稻花香里说丰年,
听取蛙声一片。
七八个星犹在天外,
两三点雨下在山前。
唉,往日那熟悉的土地庙旁,
茅草盖的旅舍去哪儿了?
转过溪桥,茅店忽然出现眼前。

黄沙道:黄沙即黄沙岭,在今江西上饶的西面,在宋代,也算是一条相对繁华的官道。

社林:古代许多村庄里有社庙丛林,是专门祭祀土地神的地方,故此树林叫社林。社就是土地庙。

见:通"现"。

清平乐·村居
（宋）辛弃疾

茅檐低小，溪上青青草。醉里
吴音相媚 好，白发谁家 翁 媪？

大儿锄豆溪东，中儿正织鸡笼。
最喜小儿亡赖，溪头卧剥莲 蓬。

182

　　和其他描写农村生活的词不同,这是作者闲居在信州带湖(今江西上饶)时所作,当时此地属吴国,故有"吴音"之说。

　　词中把五口之家的翁、媪、大儿、中儿、小儿,众多人物聚在一个场景中,展现农家恬静的生活气息。尤其是点睛之句"最喜小儿亡赖,溪头卧剥莲蓬"如飞来之笔。词人用白描手法把农家生活中的劳动和生活场面写得有声有色、富有生气、与众不同。

清平乐(词牌名)·村居(词题)

(宋)辛弃疾

茅檐低小,	茅草屋又低又小,
溪上青青草。	溪上青青草。
醉里吴音相媚好,	带着醉意的吴音正在互相取乐,
白发谁家翁媪?	是谁家白发的老翁和老妇?
大儿锄豆溪东,	大儿子在溪东岸锄豆,
中儿正织鸡笼。	二儿子在织鸡笼。
最喜小儿亡赖,	最令人喜爱的那顽皮可爱的小儿子,
溪头卧剥莲蓬。	正在溪边闲卧剥着莲蓬。

　　亡赖:同"无赖",指小孩子顽皮可爱的样子。

题临安邸_{dǐ}

（宋）林　升

山外青山楼外楼，

西湖歌舞几时休？

暖风熏_{xūn}得游人醉，

直把杭州作汴_{biàn}州。

林升,生卒年不详,字云友,又名梦屏。平阳(今浙江平阳)人。无从查考作者其他资料,只知他是南宋孝宗(1163—1189)淳熙年间的一位读书人。

这是一首题写在杭州旅店墙壁上的讽刺诗。讽刺南宋统治者,苟且偏安,不思收复中原故土,在杭州大造宫殿园林,纵情声色,沉醉花天酒地中。诗人对苟安偷生的南宋王朝充满忧虑和愤慨。

题临安(南宋都城,今杭州)邸(旅店)

(宋)林 升

山外青山楼外楼,
西湖歌舞几时休(停)?
暖风熏得游人醉,
直(简直)把杭州作汴州(原北宋都城汴梁,今河南开封)。

临安:当时为南宋都城,即现在的杭州。而汴州是原北宋的都城汴梁,即现在河南开封。

【越调】天净沙·秋思

(元)马致远

枯藤老树昏鸦,小桥流水人家,古道西风瘦
马。夕阳西下,断肠人在天涯。

赏析

马致远（1250—1321），号东篱。元代杂剧家、元曲作家。大都（今北京）人。作者年轻时曾经热衷于功名，五十岁后方入仕途，一生都郁郁不得志。与关汉卿、白朴、郑光祖并称"元曲四大家"。

此为一首小令，是写秋郊夕照下一位天涯游子的思乡之情。曲题为"秋思"，作者因此词被周德清《中原音韵》称为"秋思之祖"。

此曲是景、是境、是意、是情交融相汇，文字精炼极致，故近代著名学者王国维在《宋元戏曲考·元剧之文章》云："《天净沙》小令，纯是天籁（lài），仿佛唐人绝句。"

【越调】天净沙·秋思

（元）马致远

枯藤老树昏鸦（黄昏时的乌鸦），
小桥流水人家（农家），
古道（古老寂静的道路）西风瘦马。
夕阳西下，
断肠人在天涯。

【中吕】山坡羊·潼关怀古

（元）张养浩

峰峦^{luán}如聚，波涛如怒，山河表里潼关路。望西都，意踌躇^{chóu chú}。伤心秦汉经行处，宫阙^{què}万间都做了土。兴，百姓苦；亡，百姓苦！

　　张养浩(1269—1329),字希孟,号云庄。元代政治家、散曲家。济南(今山东济南)人。此词创于元明宗天历二年(1329 年)。因关中旱灾,张养浩被任命为陕西行台中丞以赈灾民,是年四月,劳瘁(cuì)去世。

　　《元史·张养浩传》说:"天历二年,关中大旱,饥民相食,特拜张养浩为陕西行台中丞。登车就道,遇饥者则赈之,死者则葬之。"

【中吕】山坡羊·潼关怀古

(元)张养浩

峰峦如聚,	华山山峰在潼关聚拢,
波涛如怒,	关外有黄河水波涛汹涌,
山河表里潼关路。	站在内有山,外有河的潼关古道。
望西都,	遥望长安,
意踟躇。	我心事重重。
伤心秦汉经行处,	从这秦汉故都遗址路过,
宫阙万间都做了土。	令我想起心伤的往事。
兴,百姓苦;	看那万间宫阙如今都化作了尘土。
亡,百姓苦!	兴,百姓苦;
	亡,百姓也苦。

潼关:古代关名,在今陕西潼关县。关城建在华山山腰,为古代入陕门户,历来为军事重地。

石灰吟 {yín}

（明）于　谦

千锤万凿出深山，
{chuí} {záo}

烈火焚烧若等闲。
{fén}

粉骨碎身浑不怕，

要留清白在人间。

于谦(1398—1457),字廷益,号节庵(ān)。明代名臣、军事家、诗人。钱塘(今浙江杭州)人。明永乐十九年(1421年)进士及第,后被明英宗以"谋逆罪"冤杀,此诗相传是作者17岁(亦传12岁)时所写的咏物诗。

石灰吟

(明)于 谦

千锤万凿(击)出深山(从深山开采出来),
烈火焚烧若(好像)等闲(平常)。
粉骨碎身浑(全)不怕,
要留清白(既指石灰的白,也指高尚的节操)在人间。

吟:又叫吟颂,本诗中有歌颂、赞颂之意,是古代诗歌的一种体裁。
凿:旧读 zuò 音。

191

画 鸡

(明)唐 寅[yín]

头上红冠不用裁[cái]，

满身雪白走将[jiāng]来。

平生不敢轻言语，

一叫千门万户开。

　　唐寅(1470—1524年)，字伯虎，号六如居士、"桃花庵主"。明代著名画家、诗人、书法家。苏州吴县(今江苏苏州)人。诗作别具一格，不避口语，突破格律限制。作者与祝允明、文徵(zhēng)明、徐祯(zhēn)卿并称"吴中四才子"。

　　《画鸡》是作者为自己画的公鸡作的一首七言题画诗，简单几句勾画出一只相貌堂堂、威风凛凛、满身雪白的大公鸡。

画　鸡

(明)唐　寅

头上红冠不用裁_(裁剪)，
满身雪白走将来。
平生_(平素、平时)不敢轻言语，
一叫千门万户开。

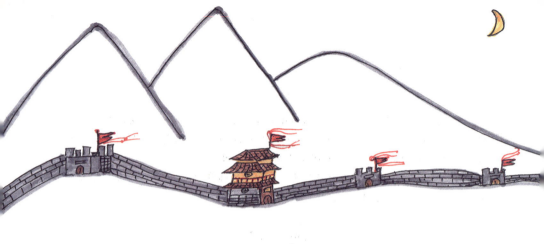

长相思

（清）纳兰性德

山一程，水一程，身向榆(yú)关那畔(pàn)行，夜深千帐(zhàng)灯。

风一更(gēng)，雪一更，聒(guō)碎乡心梦不成，故园无此声。

194

纳兰性德(1655—1685年),字容若,号楞伽(léng qié)山人。清代大臣、词人。满洲正黄旗人,出身显贵。康熙十五年(1676年)进士及第,为康熙皇帝身边的御前侍卫。虽仕途顺利,但作者却无心官场风云,更喜爱切磋学问,故所作词流芳百世。

这首小令,写于康熙二十一年(1682年)。当时康熙帝平定三藩之乱,要去关外祖陵祭告,词人随帝东巡,恰逢关外天气苦寒,引发作者思家之情,写下此词。近代著名学者王国维评价词人:"纳兰容若以自然之眼观物,以自然之舌言情。此由初入中原未染汉人风气,故能真切如此。北宋以来,一人而已。"

长相思(词牌名)

(清)纳兰性德

山一程,
水一程,
身向榆关(山海关的古名)那畔行,
夜深千帐灯。

风一更,
雪一更,
聒(吵闹的声音)碎乡心梦不成,
故园(京都)无此声。

山一程,
水一程(跋山涉水),
马不停蹄地向山海关那边前行,
夜深了,千帐军营灯光熠熠。

风一更,
雪一更(风雪交加),
风雪声吼叫,让思乡的将士无法入眠。
故乡北京就没有这般嘈杂的风雪声。

榆关:明代改为山海关。

竹　石

（清）郑　燮

咬定青山不放松，

立根原在破岩中。

千磨万击还坚劲，

任尔东西南北风。

郑燮(1693—1766年),字克柔,号板桥,又号理庵。清代书画家、诗人。兴化(今江苏兴化)人。"扬州八怪"之一。诗书画被称为"三绝",尤好画兰、竹。诗风质朴泼辣。

《竹石》是一首有寓意的题画诗,古代读书人好以"梅、兰、竹、菊"暗喻自己具君子品格和节操。

苏轼曾言:"可使食无肉,不可居无竹。无肉令人瘦,无竹令人俗。人瘦尚可肥,士俗不可医。"

竹 石

(清)郑 燮

咬定(咬住)青山不放松,
立(扎)根原在破岩(岩石裂缝)中。
千磨(磨炼)万击(打击)还坚劲(刚劲),
任(任凭)尔(你)东西南北风。

己亥杂诗(其一百二十五)
jǐ hài

（清）龚自珍
gōng

九州生气恃风雷，
shì

万马齐喑究可哀。
yīn

我劝天公重抖擞，
sǒu

不拘一格降人材。

　　龚自珍(1792—1841年),字璱人,号定盦(ān)。清代大臣、诗人。浙江仁和(今浙江杭州)人。中国近代启蒙主义思想家、文学家。

　　作者在道光十九年己亥(1839年)辞官归乡途中,写了一组《己亥杂诗》,共315首。此诗是其中第一百二十五首(一说是其二百二十首)。为祭玉皇大帝,呼唤风雷所作。诗人借诗表达自己对人们沉默不语、沉寂无声,不敢发表自己的意见感到悲哀,也表达自己对社会变革的强烈渴望。

己亥杂诗(其一百二十五)

(清)龚自珍

九州生气(活力、生命力)恃(凭借)风雷,
万马齐喑(缄默)究可哀。
我劝天公重抖擞(振作),
不拘一格降(降临)人材。

九州:传说中中国上古行政区,后作中国的代称。

后 记

《我们的时光》这本书的两名作者是我相识多年的老友。

陆老师有多年的早期教育研究和媒体采编经验；鲁老师研究生学的即是西方语言文学，并长期从事平面媒体文字编辑和青少年英语教学实践。可以说，在中西方古典文学研究和青少年语言教学规律上，两位老师实践经验很丰富，认知视角也很独到。

早有听闻她们在合作编写一本彰显中国古典诗韵美，并符合新时代家庭教育认知层次的诗词选集，今有幸成行，可喜可贺。

翻阅《我们的时光》中所收集的近百首经典传颂，以诗经开篇，从汉乐府民歌到北朝民歌，从盛唐之音再达宋词神韵，最后直抵元清的时代佳作。读者既可以领略从"逃之夭夭，灼灼其华"到"东边日出西边雨，道是无晴却有晴"传递出的细微情感；从"王于兴师，与子同袍"到"念天地之悠悠"迸发出的家国情怀；从"少壮不努力，老大徒伤悲"到"黑发不知勤学早，白头方悔读书迟"彻悟出的奋斗哲理。又能感悟从"小时不识月"到"蓬头稚子学垂纶"的孩童之趣；从"海上生明月"到"明月何时照我还"的故土乡愁；从"日照香炉生紫烟"到"山寺桃花始盛开"的庐山神韵；从"待到重阳日，还来就菊花"到"清明时节雨纷纷""爆竹声中一岁除"的传统故俗；以及从"满城尽带黄金甲"到"恰似一江春水向东流"的朝代兴衰，应有尽有。

泰戈尔曾说过："人的种种情感在诗中以极其完美的形式表现出来，仿佛可以用手指将他们拈起来似的。"

读完这本书，明显能感受到两位老师身上有知性和现代交汇的思想理念，娓娓地传递出"腹有诗书气自华"的正能量。

此书编纂工作更是细致入微，确是陶冶青少年性灵、涵养儒雅气质、提升未来审美品位的不可多得的国学好读本，祝早发行！

周 伟

2021 年 11 月 1 日

图书在版编目(CIP)数据

我们的时光/陆晓萍,鲁渊著.—上海:上海三
联书店,2023.7
ISBN 978 - 7 - 5426 - 7678 - 8

Ⅰ.①我… Ⅱ.①陆… ②鲁… Ⅲ.①古典诗歌-诗
歌欣赏-中国 Ⅳ.①I207.2

中国版本图书馆 CIP 数据核字(2022)第 023686 号

我们的时光

著 者/陆晓萍 鲁 渊

责任编辑/殷亚平
装帧设计/徐 徐
监 制/姚 军
责任校对/王凌霄

出版发行/上海三联书店
 (200030)中国上海市漕溪北路 331 号 A 座 6 楼
邮 箱/sdxsanlian@sina.com
邮购电话/021 - 22895540
印 刷/上海艾登印刷有限公司

版 次/2023 年 7 月第 1 版
印 次/2023 年 7 月第 1 次印刷
开 本/640 mm×960 mm 1/16
字 数/150 千字
印 张/13.25
书 号/ISBN 978 - 7 - 5426 - 7678 - 8/I · 1757
定 价/98.00 元

敬启读者,如发现本书有印装质量问题,请与印刷厂联系 021 - 62213990